KB040114

차례

나는 오직 내 속에서 솟아나오는 인생을
살아가려고 했을 뿐이다.
그것이 왜 그토록 어려웠던가?

내 이야기를 하려면 훨씬 이전 이야기부터 시작해야 한다. 가능하다면 유년기 시절까지, 더 나아가 출생 이전으로까지 거슬러 올라가야 할 것이다.

작가들은 소설을 쓰면서 신이라도 되는 양 인간의 이야기를 파악하고 모든 것을 꿰뚫어본다는 듯이 중대한 비밀조차 묘사할 수 있다고 여긴다. 하지만 작가들이 그 일을 이룰 수 없듯이, 나 또한 그런 일을 할 수 없다. 작가에게 자신의 이야기가 소중한 것 이상으로 나에게는 나의 이야기가 중요하다. 그것은 바로 나만의 이야기이기 때문이다. 만들어낸, 있을 법한, 이상적인 혹은 존재하지 않는 인간이 아니라 현실 속에 오직 한 번 살고 있는 한 인간의 이야기다.

그 어느 때보다 살아 있는 인간이 무엇인지를 알기 힘들다. 각자가 자연의 한 번뿐인 소중한 시도건만 그러한 인간을 무더기로 쏘아 죽이기도 한다. 우리가 더 이상 한 번뿐인 인간이 아니라면, 진정 총알로 하나하나를 세상 밖으로 몰아낼 수 있다면 이러한 이야기를 하는 것도 무의미하리라. 한 사람 한 사람은 그 자신인 것만 아니라 한 번뿐인 진정 특별하며 언제나 소중하고 진기한 지점이기에 세상의 갖가지 현상들이 그곳에서 반복되지 않고 오직 한 번만 교차하게 된다. 그렇기에 모든 인간의 이야기는 소중하고 영원하고 신적이며, 또한 인간은 어떻게든 살아가며 자연의 의지를 실현하기에 신비롭고 주의를 기울일 만하다. 인간 안에서 정신은 형상이 되었고, 피조물은 괴로워하고 구세주는 십자가에 못 박힌다.

인간이 무엇인지를 아는 이가 드물다. 많은 이들이 그 무지함 덕분에 수월하게 죽어간다. 나 역시 이 이야기를 마치고 나면 편안하게 죽어갈 것이다.

나 자신을 감히 현인이라 부를 수는 없지만, 나는 구하는 자였고 지금도 그렇다. 하지만 더 이상 나는 별을 올려다보거나 책 속을 뒤지며 구하지 않는다. 내 안에 콸콸 흐르는 피가 가르치는 가르침에 귀 기울이기 시작한다. 나의 이야기는 편안하지 않으며, 만들어낸 이야기처럼 달콤하거나 조화롭지도 못하다. 더 이상 자신을 속이지 않으려는 많은 사람들의 인생이 그러하듯, 나의 이야기에서는 불합리와 혼돈, 광기와 꿈의 맛이 난다.

한 사람 한 사람의 인생은 자기 자신으로 향하는 길이다. 하나의 길을 추구하는 것이자 작은 길 속에 담긴 의미다.

온전히 자기 자신이었던 인간은 아무도 없다. 그렇지만 그리 되기를 노력하며 누군가는 흐릿하게 누군가는 영롱하게 힘껏 노력한다. 누구나 출생의 잔재, 태고 세계의 점액과 껍질을 죽는 날까지 자기와 함께 지니고 간다. 많은 이들이 한 번도 인간이 되지 못하고서 개구리, 도마뱀, 개미로 머문다. 또 어떤 이들은 위는 인간으로 아래는 물고기로 산다.

그러나 모든 인간은 인간이 되라고 자연이 낳아 놓은 존재들이다. 인간의 원천이자 어머니는 같다. 우리는 모두 동일한 심연에서 나왔다. 심연으로부터 나온 하나의 시도이자 투척인 인간은 자신의 목표를 향해서 노력한다. 우리는 서로를 이해할 수는 있다. 그러나 각자 자기 자신만을 설명할 수 있을 뿐이다.

1
두 개의 세계

열 살적, 작은 도시의 라틴어 학교를 다녔던 때의 경험으로 나의 이야기를 시작하려 한다.

그곳에서는 짙은 향기가 밀려온다. 아프면서도 쾌적한 전율과 함께 내 마음을 울린다. 어두운 골목길과 밝은 색의 집과 탑들, 시계 치는 소리와 사람들의 얼굴, 아늑하면서도 따뜻한 방들, 비밀스러우면서도 섬뜩한 유령의 공포로 가득 찬 방들. 거기서는 따뜻하고도 협소한 곳의 냄새가 난다. 그리고 토끼와 하녀, 상비약과 마른 과일의 냄새가 난다. 그곳에서 두 개의 세계가 얽히고설키며 양극兩極으로부터 밤과 낮이 만들어졌다.

하나의 세계는 아버지의 집이었다. 그 세계는 너무 좁아 겨우 부모님만을 에워싸고 있었다. 내가 무척이나 잘 알고 있는 이 세계는 어머니와 아버지 그리고 사랑과 근엄함, 모범과 학교라고 불린다. 이 세계에는 온화한 빛과 맑음, 정갈함이 담겨 있고, 부드럽고 따듯한 말과 깨끗이 씻은 손, 청결한 옷과 바른 관습이 깃들여 있다. 이곳에서는 아침 찬송을 부르고 성탄절을 축하한다. 여기에는 미래로 뻗은 곧은 선과 길이 있다. 또한 의무와 책임, 양심의 가책과 고해, 용서와 선한 결심, 사랑과 존경, 성경 말씀과 지혜가 있다. 삶을 깨끗하고 정갈하게, 아름답고도 질서 있게 하려면 이 세계를 따라야 한다.

다른 세계는 이미 우리 집 한가운데서 시작되고 있었다. 그것은 완전히 다른 세상이어서 냄새도 말도 달랐고 약속도 요구도 달랐다. 이 두 번째 세계에는 하녀와 직공들이 살았으며, 유령 이야기가 들리고 소문의 냄새가 났다. 거기는 무척이나 매혹적이면서도 무서운 수수께끼 같은 것들이 여러 빛깔로 흘러넘쳤다. 도살장과 감옥, 주정뱅이와 악을 쓰는 여자들, 새끼를 낳는 암소와 쓰러진 말들, 강도의 침입과 살해, 자살에 대한 이야기들……. 이 모든 아름답고도 섬뜩한, 야성적이면서도 잔혹한 일들이 도처에서, 바로 곁의 골목길과 집에서 벌어졌다. 경찰관과 부랑자들이 사방으로 뛰어다녔고, 주정뱅이는 아내들을 때렸으며, 저녁이 되면 어린 소녀들이 공장에서 쏟아져 나왔다. 늙은 여인은 누군가를 유혹해 병들게 할 수 있었고, 숲 속에는 강도들이 살았으며, 방화범은 경찰에게 붙잡히기도 했다.

어머니와 아버지가 계시던 방 이외의 모든 곳에서는 이 두 번째 세계가 솟아나와 향기를 뿜었다. 그것은 무척이나 좋았다. 우리 곁에 평화와 질서와 고요함, 의무와 양심, 용서와 사랑이 자리했다. 소란스럽고 강렬한 것, 어둡고도 폭력적인 것 역시 존재했지만 놀랍게도 그곳을 훌쩍 피해 어머니에게로 도망칠 수 있었다. 필요하고 선한 일이라 해도, 밝은 세계로의 귀환은 덜 아름다운, 지루하고 황량한 곳으로 되돌아오는 일로 여겨졌다.

내 인생의 목표는 부모님처럼 밝고 정갈하게, 우수하고도 정돈된 것임을 알고 있었지만, 그곳에 이르는 길은 멀었다. 그러려면 학교에 처박혀 있어야 하고 또 온갖 시험을 치러야 했다. 그 길은 항상 어두운 다른 세계의 옆을 지나거나 뚫고 나갔기에, 그 세계에 머물며 그 속으로 가라앉는 일이 불가능하지도 않았다. 그렇게 길을 잃어버린 자들에 대한 이야기를 나는 열정적으로 읽어 나갔다. 그 속에서 아버지와 선함으로의 귀환은 언제나 대단한 구원이었다. 그것만이 올바르고 선하며 소망할 만한 것이라 여겼지만, 내게는 악한과 길을 잃은 자들이 등장하는 이야기 부분이 훨씬 매혹적이었다.

솔직히 털어놓는 것이 허락된다면, 타락한 자가 참회하고 다시 받아들여지는 것이 가끔씩 애석하다고 느낄 지경이었다. 그것은 단지 마음 깊은 곳에 숨겨진 막연한 예감이나 가능성으로 자리하고 있었다. 악마를 상상할 때면 나는 저 아랫길에서 변장을 하거나, 공공연하게 신분을 드러낸 그의 모습을 생생히 그릴 수 있었다. 시장바닥이나 술집에 있는 악마를 떠올릴 수는 있었지만 우리 집에 있는 악마를 생각해본 적은 없다.

나의 누이들도 역시 밝은 세계에 속해 있었다. 누이들은 본질적으로 아버지와 어머니에 더욱 가까이 있는 것 같았다. 그들은 나보다 나았고 예의 바르고 잘못도 덜했다. 그들도 단점이 있고 무례를 범했지만, 악한 이와 어울리는 것이 그토록 힘들고 어려우면서도 어두운 세계에 가까이 다가가 있던 나와는 달랐다. 부모님처럼 누이들은 보호와 존경을 받을 만했다. 그들과 다툼을 벌인 후에 돌이켜보면 내가 잘못을 저지르고 용서를 빌어야 하는 원흉이었다. 누이들을 모욕하는 것은 곧 부모님, 선과 계율을 모욕하는 일이었다.

누이들보다 거리의 불량배들과 공유할 수 있는 비밀들이 있었다. 올바른 양심을 지닐 수 있는 밝고 기분 좋은 날에는 차분하고 얌전하게 그들과 어울려 놀며 정직하고 훌륭한 내 모습을 바라보는 것도 가치 있는 일이었다. 천사라면 마땅히 그러해야 하리라! 그것은 우리가 아는 최상의 것이었다. 크리스마스와 기쁨, 밝은 소리와 향기에 둘러싸인 천사가 되는 것을 우리는 달콤하고 아름답다 생각한다. 아, 그러한 시간과 나날은 너무나 드물다! 우리에게 허락된 건전한 놀이를 할 때도 나는 열정과 격렬함에 자주 휩싸였다. 누이들에게 그것은 너무도 과했기에 싸움이 나거나 불쾌해지기도 했다. 그들이 나에게 화를 쏟아부을 때면 나는 침울해져서 이런저런 말과 행동을 했는데, 그러는 동안에도 그것이 죄악임을 마음 깊이 아프게 느꼈다. 후회가 막심해져 지독하게 우울한 시간을 보내고 나면 용서를 비는 아픈 순간이 찾아왔고 그러면 다시 몇 시간은 밝은 빛줄기와 함께 갈등을 느끼지 않아도 되는 감사하고 고요한 행복이 다가왔다.

나는 라틴어 학교에 다녔다. 시장의 아들과 산림 감독의 아들이 가끔씩 집으로 찾아왔다. 그들은 거친 사내아이들이었지만 허락된 선한 세계에 속해 있었다. 평소에는 경멸하던 이웃집의 공립학교 학생들과도 가깝게 지냈다. 그중 한 아이를 가지고 나의 이야기를 시작해야겠다.

열 살이 채 되지 않았던 때였다. 수업이 없던 어느 오후, 나는 이웃에 사는 두 친구와 함께 여기저기 돌아다니고 있었다. 그때 커다란 녀석이 다가왔다. 힘이 세고 거친 열세 살짜리로 이발사의 아들이었다. 주정뱅이 아버지를 둔 그의 집안은 평판이 나빴다. 프란츠 크로머에 대해서는 나도 잘 알고 있었고 그 아이가 무서웠다. 프란츠가 우리 대화에 끼어들자 나는 기분이 좋지 않았다. 그 아이는 벌써 사내다웠고 공장에서 일하는 청년들의 걸음걸이와 말씨를 따라 했다. 그 아이가 시키는 대로 우리는 다리 옆의 강가로 내려갔고 첫 번째 나리 기둥 아래에서 세상 저편으로 우리를 숨겼다.

아치 모양의 다리 기둥과 천천히 흐르는 강물 사이에 자리한 비좁은 강가에는 쓰레기, 유리조각과 잡동사니, 녹슨 철사 다발 그리고 오물이 넘쳐났다. 간혹 건질 만한 물건이 나오기도 했다. 우리는 프란츠가 시키는 대로 샅샅이 뒤져 찾은 것들을 그에게 보여줘야 했다. 그러면 프란츠는 그것들을 챙겨 넣기도 하고 물속으로 던져 버리기도 했다. 그는 우리에게 납, 구리, 주석이 있는지 잘 살펴보라고 시키고는 자기가 모조리 챙겼다. 뿔로 된 낡은 빗도 하나 가졌다. 그 아이와 어울리자니 마음이 불안해졌다. 아버지가 아셨더라면 이런 교제를 금했기 때문이 아니라 프란츠가 무서웠기 때문이다. 그가 나를 여느 아이처럼 대해주는 게 나는 기뻤다. 그는 명령했고 우리는 따랐다. 처음으로 프란츠와 함께하는 것이었지만 마치 오래되고 익숙한 사이 같았다.

우리는 땅바닥에 앉았고 강물에 침을 뱉는 프란츠는 남자다워 보였다. 그는 이 사이로 침을 내뱉어 원하는 곳에 맞췄다. 대화가 시작되고 소년들은 할 수 있는 온갖 영웅적 행동과 악당 짓거리를 자랑삼아 떠벌렸다. 나는 입을 다물고 있었지만 그 침묵 때문에 프란츠의 화를 사는 게 아닐까 두려웠다. 나의 두 친구는 처음부터 나와 거리를 두었고 그와 가깝게 굴었다. 그들 사이에서 나는 이방인이었고 나의 옷이나 성격이 그들을 자극한다고 느꼈다. 라틴어 학교의 학생이자 있는 집 자식인 나를 프란츠가 좋아할 리 없었다. 다른 두 녀석은 언제든지 기회만 생기면 나를 거부하고 버릴 게 틀림없었다.

마침내 나도 겁에 질려 이야기를 꺼냈다. 황당한 도둑 이야기를 지어냈는데 그 주인공은 나였다. 길모퉁이 물레방앗간의 과수원에서, 하고 나는 말을 꺼냈다. 밤중에 나는 한 친구와 자루 하나를 가득 채울 만큼의 사과를 훔쳤다. 그냥 평범한 사과가 아니라 라이네테와 골트파르메네 같은 최상품이었다. 순간의 위험을 피해 나는 이 이야기 속으로 달아났고 자주 이야기를 꾸며내어 들려주었다. 곧장 말문이 막혀버려 난처한 지경에 빠지지 않도록 온갖 기교를 발휘했다. 우리 중 하나는 보초를 서야 했고 다른 하나는 나무에서 사과를 떨어뜨렸다고 나는 이야기했다. 어찌나 무거웠던지 우리는 다시 자루를 풀어 사과 반을 남겨두고 와야 했지만 30분 후에 되돌아가 남은 것들을 집어왔다고.

이야기를 마치고 나는 박수를 기대했다. 나중에는 몸이 더워졌고 이야기를 꾸며대는 데 흠뻑 취해버렸다. 두 꼬마는 입을 다물고 기다리고 있었다. 하지만 프란츠 크로머는 반쯤 감은 눈으로 나를 뚫어져라 바라보며 위협적인 목소리로 내게 물었다.

"그게 정말이야?"

"그럼." 나는 말했다.

"그러니까 정말 진실이란 말이지?"

"그럼 정말이고말고."

마음속에 두려움이 가득해 숨이 막힐 지경이었지만 나는 힘주어 말했다.

"맹세할 수 있겠어?"

나는 소스라치게 놀랐지만 곧장 그럴 수 있다고 답했다.

"그렇다면 하나님과 하나님의 축복을 걸고 맹세한다고 말해봐."

"하나님과 하나님의 축복을 걸고 맹세해."

프란츠는 "그래, 뭐 좋아." 하더니 몸을 돌렸다.

나는 그거면 충분하다고 생각했고, 그가 자리에서 일어나 집으로 돌아가려 하자 기뻐했다. 우리가 다리 위에 서 있을 무렵, 나는 수줍게 이제 집에 가야겠다고 말했다.

"서두를 필요 없잖아. 가는 길이 같으니까."

프란츠가 웃으며 말했다.

그는 어슬렁거리며 걸었고 나는 감히 피할 엄두가 나지 않았다. 그는 정말 우리 집 쪽으로 걸어갔다. 우리 집의 문과 묵직한 놋쇠

손잡이, 창속의 태양과 어머니 방 안의 커튼을 보았을 때 나는 깊이 숨을 내쉬었다. 아, 집에 돌아왔다! 신의 가호 속에 무사히 집으로, 밝은 세상으로, 평화로 되돌아왔구나!

내가 재빨리 문을 열고 잽싸게 늘어서서 등 뒤로 문을 닫으려 하자 프란츠 크로머도 같이 안으로 들이닥쳤다. 정원의 불빛이 들어온 서늘하고 어두컴컴한 타일 깔린 복도에서 내 옆에 선 프란츠는 내 팔을 잡고 낮은 목소리로 말했다.

"너, 그렇게 서두를 거 없다고 했지!"

나는 깜짝 놀라 프란츠를 쳐다보았다. 그는 단단히 내 팔을 움켜잡았다. 무슨 속셈인지, 나를 괴롭히려는 것인지 곰곰이 생각해보았다. 내가 당장 큰 소리를 지르면, 누군가 나를 구하러 재빠르게 저 위에서 내려올까? 하지만 나는 포기했다.

"뭐야, 무슨 짓을 하려는 거야?" 나는 물었다.

"별것 아니야. 뭘 하나 물어보려고. 다른 애들은 들을 필요 없는 일이야."

"그래? 좋아, 내가 뭘 더 말해야 하지? 나는 올라가야 해, 너도 알잖아."

"그럼, 나도 알지. 길모퉁이 물레방앗간의 과수원이 누구네 건지 알아?"

"아니, 나는 몰라. 그야 방앗간 주인 거겠지."

프란츠는 팔로 나를 끌어안고서 자기 쪽으로 바짝 잡아당겼다. 나는 그의 얼굴을 바로 곁에서 지켜보아야 했다. 프란츠는 사악한 눈을 하고서 음흉하게 미소 지었는데 그 얼굴에 잔인함과 힘이 넘쳐났다.

"그러니까 말이야, 얘야, 그 과수원이 누구네 것인지 당장 말해주지. 사과를 도둑맞았다는 건 벌써 알고 있었지. 과수원 주인이 누가 과일을 훔쳐갔는지 알려주는 사람에게 2마르크를 주겠다고 한 것도 알고 있고."

"맙소사, 하지만 그에게 아무 말 하지 않을 거지?" 나는 소리쳤다.

프란츠의 명예심에 호소해봤자 소용없을 것 같았다. 그는 다른 세계에서 왔고, 그에게 배신이란 큰 죄도 아니다. 이런 일에서 다른 세계의 사람들은 우리와 같지 않다.

"아무 말도 하지 않겠냐고?" 크로머는 말했다. "이봐 친구, 그러면 내가 2마르크를 찍어낼 수 있는 화폐 위조범이라도 된다는 거야? 나는 가난한 놈이라고, 너처럼 부자 아버지를 둔 게 아니란 말이야. 2마르크를 벌 수만 있으면 벌어야 하는 거야. 과수원 주인이라면 더 줄 수도 있는 일이고."

그는 갑자기 나를 놓아주었다. 우리 집 복도에서는 더 이상 평화와 안전의 향내가 풍기지 않았다. 세상은 내 주변에서 무너져버렸다. 프란츠는 내가 범죄를 저질렀다고 떠벌리겠지. 아버지에게도 알려질 것이고 그러면 경찰이 올 수도 있다. 혼란 속에 갖가지 공포가 나를 위협했다. 온갖 추악하고 위험한 것들이 예견되었다. 내가 도둑질을 하지 않았다는 것은 중요하지 않았다. 게다가 나는 맹세까지 했다. 주여, 나의 주여!

눈물이 차올랐다. 돈을 주고서라도 나를 구해야겠다고 느꼈다. 나는 절망스럽게 모든 주머니를 뒤졌다. 사과도 주머니칼도 아무것도 없었다. 그때 내가 가진 시계가 떠올랐다. 더 이상 가지 않는 낡은 은시계였지만 나는 그것을 '그냥 그렇게' 차고 다녔다. 할머니가 물려주신 시계를 재빨리 끌렀다.

"크로머, 내 말 잘 들어. 고자질하면 안 돼. 그건 좋지 못한 일이라고. 내 시계를 줄게, 이걸 보라고. 안타깝지만 달리 가진 게 없어. 이걸 가져도 돼. 은으로 만든 거고 내부 장치도 좋은 거야. 살짝 고장이 났지만 수리하면 돼."

프란츠는 싱글거리며 큰 손으로 시계를 집었다. 그 손이 얼마나 거칠고 나에 대한 적대심으로 가득한지가 느껴졌다. 나의 인생과 평화를 낚아채기 위해 뻗친 손이었다.

"은으로 만든 거야." 나는 수줍게 말했다.

"그따위 낡아빠진 은시계는 갖고 싶지 않아." 프란츠는 경멸에 차서 말했다. "네가 직접 수리하라고!"

"하지만 프란츠." 나는 프란츠가 떠날까 봐 겁에 질려 떨면서 외쳤다. "조금만 기다려 줘! 이 세계를 가지라고! 진짜 은으로 된 거야, 정말 진짜라고. 그것밖에는 달리 가진 게 없어."

프란츠는 나를 경멸하며 싸늘하게 쳐다봤다.

"그러니까 내가 누구에게 갈지 너도 알고 있군. 난 경찰에게도 말할 수 있어. 잘 아는 경찰이 있으니까."

프란츠는 가버리려고 몸을 돌렸다. 나는 소매를 붙들고 그를 돌려세웠다. 그렇게 가버리면 안 된다. 그가 떠난 후 벌어질 모든 일들을 견디느니 차라리 죽는 게 나았다.

"프란츠." 나는 흥분한 나머지 쉰 목소리로 애원했다.

"어리석은 짓 하지 말라고! 그저 재미로 그러는 거지?"

"그래, 재미있어. 하지만 너는 덕분에 비싼 값을 치러야겠지."

"프란츠, 내가 어떡해야 할지 말해줘! 어떤 일이라도 하겠어!"

그는 눈을 부릅뜨고 나를 바라보며 다시 웃었다.

"멍청하게 굴지 마!" 프란츠는 선심 쓰듯 말했다. "너도 나만큼 잘 알고 있잖아. 나는 2마르크를 벌 수도 있어. 그 돈을 내던질 만큼 나는 부자가 아니란 말이야. 그건 너도 알잖아. 하지만 너는 부자고 그런 시계도 갖고 있지. 너는 그냥 내게 2마르크를 주면 돼, 그럼 모든 게 끝이라고."

나는 그 논리를 이해했다. 하지만 2마르크라니! 그것은 내게 100마르크나 1000마르크만큼이나 손에 넣기 힘든 큰돈이었다. 나는 돈이 한 푼도 없었다. 어머니의 방에 저금통이 하나 있었는데 삼촌이 오시거나 이런저런 이유로 받은 10페니히나 5페니히 동전들을 거기에 모아 두었다. 그 외에 돈이라고는 없었다. 아직 용돈을 받지 않던 나이였다.

"아무것도 가진 게 없다고." 나는 슬프게 말했다. "나는 돈이 한 푼도 없어. 가진 게 있었다면 전부 네게 주었을 거야. 나한테 인디언책과 장난감 병정하고 나침반이 있어. 그걸 가져다줄게."

프란츠는 날카롭고 사납게 입을 씰룩이더니 바닥에 침을 뱉었다.

"헛소리 집어치워!" 그는 명령조로 말했다.

"그런 너절한 잡동사니는 그냥 네가 가져. 나침반이라고! 나를 더 화나게 하지 마! 잘 들어, 돈을 가져오란 말이야!"

"하지만 가진 게 없어, 나는 돈을 받은 적이 없어. 어쩔 수가 없단 말이야!"

"그럼 내일 2마르크를 가져와. 수업이 끝나면 저 아래 시장에서 기다리고 있을게. 그걸로 끝이야. 돈을 가지고 오지 않으면 어떻게 될지 알게 될 거야!"

"알겠어, 하지만 어디서 돈을 구해야 하지? 맙소사, 돈을 구하지 못하면……."

"너희 집에는 돈이 충분히 있잖아. 그건 네가 알아서 할 일이야. 내일 수업이 끝나면 보자고. 한마디 해두겠는데, 돈을 가져오지 않으면……."

프란츠는 나를 쏘아보더니 다시 침을 내뱉고서 그림자처럼 사라졌다.

나는 계단을 올라갈 수가 없었다. 내 인생은 망가져버렸다. 도망쳐서 다시는 돌아오지 말까, 물에 빠져 죽을까 고민했다. 그러나 구체적으로 생각을 해본 건 아니었다. 울고 있는 나를 리나가 발견했다. 리나는 장작을 가지러 바구니를 끼고 내려온 참이었다.

나는 리나에게 위에는 아무 말도 하지 말라고 부탁하고 계단을 올라갔다. 옷걸이 못에는 아버지의 모자와 어머니의 양산이 걸려 있었다. 그 모든 물건에서 고향이 느껴졌고 사랑스러움이 솟아 나와 내게로 흘러왔다. 탕아들이 옛 고향집의 방을 보고 그 냄새를 맡을 때처럼, 애원하고 감사하는 마음으로 그들에게 인사를 건넸지만 이제 그 모든 것은 내 것이 아니었다. 그 모든 것은 아버지와 어머니의 밝은 세계였다.

나는 무거운 죄를 짓고서 낯선 홍수에 휩쓸려 깊이 가라앉았다. 모험과 죄에 얽혀들어 적에게 위협을 받으며 위험과 공포, 모욕을 기다리고 있었다. 아버지의 모자와 어머니의 양산, 고풍스러운 사암 바닥, 복도의 장롱 위에 걸린 커다란 그림, 저기 거실에서 들려오는 누이의 목소리, 모든 것이 그 어느 때보다 부드럽고 사랑스러우며 소중하게 여겨졌지만 더 이상 위안이 되지 못했고 확실한 자산도 아니었으며 그저 시끄러운 비난이었다. 이제 그 모든 것이 내 것이 아니었다. 그 유쾌함과 고요함을 나는 함께할 수 없었다. 나는 깔개에 문질러 털어내 버릴 수 없는 오물을 발에 묻힌 채, 고향의 세계는 전혀 알지 못하는 그림자를 드리우고 있었다. 얼마나 많은 비밀과 걱정을 가져왔던가, 하지만 오늘 이 공간으로 들여온 것에 비하면 모두 장난이나 재밋거리에 불과했다.

운명이 나를 쫓고 있었다. 나의 뒤에는 어머니도 보호해줄 수 없는 손아귀가 뻗쳐 있었다. 이제 내 잘못이 도둑질이든, 거짓말이든 매한가지였다. (나는 하나님과 하나님의 축복을 걸고 거짓 맹세를 하지 않았나?) 이제 내 죄는 사소한 것이 아니었다. 악마에게 손을 내민 것이 나의 죄였다. 왜 나는 그곳에 함께 갔던가? 왜 아버지의 말씀보다 프란츠를 더 따랐던가? 왜 도둑질 이야기를 꾸며냈던가? 왜 범죄를 영웅적 행동이라도 되는 양 떠벌렸던가? 이제 악마가 나의 손을 거머쥐었고 적이 내 뒤를 쫓았다.

한순간 나는 더 이상 내일이 두렵지 않았고, 나의 길이 이제 계속 곤두박질쳐 어둠으로 빠져들 거라고 확신했다. 새로운 잘못이 뒤따를 것이고, 누이들 앞에 나타나 부모님에게 인사를 건네며 입맞춤하는 것은 거짓이며, 마음속에 숨겨둔 운명과 비밀은 내가 홀로 짊어져야 한다.

아버지의 모자를 찬찬히 살펴보던 순간, 믿음과 희망의 빛이 보였다. 모든 것을 아버지에게 이야기하고, 그의 심판과 벌을 달게 받아들이리라. 비밀을 털어놓고 아버지를 나의 구원자로 모시리라. 그것은 이제까지 흔히 견뎌온 참회에 지나지 않으리라. 힘들고도 쓰라린 시간에 대한 용서를 구하는 후회 막심한 간청에 지나지 않으리라.

이것은 얼마나 달콤하게 들렸던가! 얼마나 아름답게 유혹했던가! 하지만 그런 일은 일어나지 않았다. 나는 그렇게 하지 않으리란 것을 알았다. 혼자 비밀을 지닌 채 스스로 죄를 삼켜야만 한다. 아마도 이제 막 갈림길 위에 선 것이리라. 그 시각부터 영원히 악한 편에 속해 악마와 비밀을 공유하고 그들에게 복종하며 그들처럼 되어야 할 것이리라. 나는 남자로, 영웅으로 행세했고 이제 그 결과를 지고 가야 했다.

내가 들어섰을 때 아버지가 나의 젖은 신발에만 신경을 쓰셔서 기분이 좋았다. 아버지는 더 심각한 일은 눈치 채지 못했고 나는 그런 꾸지람만 견디면 되었다. 나는 남몰래 꾸지람을 다른 것과 연관시켰다. 그때 내 안에서 새롭고 기묘한 감정이 불꽃처럼 번쩍였다. 낚시 바늘로 찌르듯 아프면서도 지독한 감정이었다. 나는 아버지를 넘어섰다고 느꼈던 것이다! 한순간 그의 무지함을 조금 경멸했으며, 고작 젖은 장화를 가지고 야단치는 것이 사소해 보였다. '당신이 아신다면!' 그런 생각을 하자 내 자신이 살인죄를 고백하려는데 고작 빵을 훔친 것 때문에 심문을 받는 범죄자처럼 느껴졌다. 그것은 추악하면서도 불행한 감정이었다. 하지만 매우 강렬했고 큰 매력을 지녔다. 그 감정은 다른 어떤 생각보다 강하게 나를 나의 비밀과 잘못에 속박시켰다. 지금쯤 프란츠가 경찰에 찾아가 날 신고했을지도 모르지, 하고 나는 생각했다. 나를 고작 어린아이로 여기는 순간, 비구름이 머리 위로 몰려들었다.

이제까지 이야기한 경험을 통틀어 이 순간이 가장 생생하게 기억된다. 그것은 아버지의 신성함에 처음으로 틈이 생긴 순간이며, 어릴 적 삶을 떠받치고 있는 기둥에 처음으로 칼자국이 난 순간이다. 모든 사람은 자기 자신이 되기 이전에 그 기둥을 부수어야 한다. 우리 운명의 내적이고 본질적인 선線은 아무도 보지 못한 이런 경험들로 이루어진다. 이러한 틈과 칼자국은 점점 자라나서 낫기도 하고 잊히기도 하지만 비밀스러운 방에 살면서 계속 피를 흘린다.

이 새로운 감정에 스스로 공포를 느낀 나머지, 나는 용서를 빌며 아버지의 발에 입이라도 맞추고 싶은 심정이었다. 하지만 본질적인 것을 두고 사죄할 수는 없다. 어린아이도 현자만큼이나 그것을 알고 느낀다.

나의 일에 대해 곰곰이 생각하면서 내일을 위한 길을 궁리해볼 필요성은 느꼈지만 그 길에 이르지는 못했다. 저녁 내내 나는 그저 거실의 달라진 공기에 익숙해지려고 했다. 벽시계와 책상, 성경과 거울, 책 선반과 벽에 걸린 그림들이 나와 작별하는 듯했다. 나는 얼어붙은 마음으로 나의 세계, 그 선량하고 행복했던 인생이 과거가 되어 내게서 떨어져 나가는 것을 지켜보았다. 그리고 뿌리를 뻗아들일 새로운 뿌리로 나를 저 어둡고 낯선 바깥 세상에 단단히 고정시키고 붙들어 맬지 알아내야 했다. 처음으로 나는 죽음을 맛보았다. 죽음은 쓰디썼다. 그것은 곧 탄생이며, 섬뜩한 변화에 대한 공포와 근심이었기 때문이다.

　마침내 침대에 누웠을 때 나는 기뻤다! 방금 전의 저녁기도를 나는 마지막 연옥이라고 여겼다. 그러고는 내가 가장 좋아하던 노래를 불렀다. 아, 나는 함께 노래하지 않았다. 음 하나하나가 나에게는 쓸개즙이자 독약이었다. 아버지가 성호를 긋고 "저희 모두와 함께하소서!" 하며 기도를 마칠 때도 나는 함께 기도하지 않았다. 몸이 떨려오면서 나는 이 무리에서 순식간에 멀어졌기 때문이다. 하나님의 은혜는 가족 모두와 함께했지만 더 이상 나와 함께하지는 못했다. 매우 피곤하고 추워져 나는 자리를 떠났다.

　잠시 침대에 누워 있자니 온기와 편안함이 나를 감쌌다. 마음은 다시 겁에 질려 불안해졌고 지나간 일 때문에 떨렸다. 어머니는 언제나처럼 잘 자라고 인사했다. 발소리가 아직도 방 안에 남아 있었다. 어머니가 들고 있는 촛불의 빛이 여전히 문틈으로 반짝였다. 지금, 지금 어머니가 다시 들어오셔서—어머니는 알아차린 거야. 내게 입을 맞추고 물으실 거야. 희망이 가득한 부드러운 목소리로 물으실 거야. 그러면 나는 울어버릴 수 있어. 목에 걸린 돌덩이 같은 것이 녹아 없어지겠지. 어머니를 안고서 그걸 말하는 거야. 그러면 모든 것이 해결되고 구원받는 거야! 문틈으로 들어오던 빛은 사라졌지만 나는 한동안 귀를 기울이고 생각했다. 그렇게 될 거야, 반드시 그렇게 될 거야!

나는 다시 그 사건으로 돌아와 적의 눈을 쳐다보았다. 그의 모습이 또렷이 보였다. 그는 한쪽 눈을 찡그리며 거칠게 웃고 있었다. 내가 그를 바라보고서 피할 수 없는 일을 내 속으로 집어삼키자, 그는 점점 거대하고 추악해졌다. 그의 사악한 눈이 악마처럼 번뜩였다. 잠이 들 때까지 그는 내 곁에 바짝 다가와 있었다. 하지만 나는 오늘 일이나 그에 대한 꿈을 꾸지는 않았다. 나는 부모님과 누이들과 함께 배를 타는 꿈을 꾸었다. 방학인 어느 날, 평화와 햇살이 우리 주위를 온통 감쌌다. 한밤중에 깨어난 나는 여전히 행복의 여운을 느끼며 햇빛을 받아 반짝이는 누이들의 새하얀 여름 원피스를 보았다. 곧이어 그 천국에서 현실로 떨어져 적의 사악한 눈과 마주해야 했다.

다음 날 아침, 어머니가 서둘러 오시며, 벌써 늦었다고 왜 아직도 침대에 있느냐고 소리쳤을 때, 나는 퍽 아파 보였다. 어머니가 어디 좋지 않으냐고 묻자 나는 토하고 말았다.

그러자 시간을 번 것 같았다. 아침 내내 카모마일 차를 마시며 누워 지내도 되니 무척이나 좋았다. 어머니가 옆방에서 청소하는 소리, 하녀 리나가 방 너머의 복도에서 정육점 주인에게 인사하는 소리를 듣는 것도 좋았다. 학교에 가지 않는 오전은 매혹적인 동화 같았다. 방 안으로 들이치는 햇살은 학교의 커튼 뒤에 가려진 햇살과 같지 않았다. 하지만 오늘은 아무 맛도 없었고 다른 소리로 들렸다.

그래, 차라리 죽었으면! 하지만 나는 종종 그래왔듯 그저 조금 아플 뿐이었다. 그 정도로는 아무 일도 일어나지 않았다. 등교에서 나를 구해줄 수는 있어도, 11시에 시장에서 나를 기다리고 있을 프란츠로부터 구해줄 수는 없었다. 어머니의 다정함도 위안이 되지 못했다. 어머니도 귀찮고 성가실 뿐이었다. 나는 다시 자는 척하면서 어찌할지 궁리했다. 아무것도 도움이 되지 못했나. 나는 11시에 시장에 있어야만 했다. 10시에 나는 조용히 일어나 몸이 다시 나아졌다고 말했다. 보통 때라면 그 말은 곧 다시 침대에 누워 있어야 하거나, 오후에 학교로 가야 한다는 것을 의미했다. 나는 학교에 가고 싶다고 말했다. 계획을 세워 두었기 때문이다.

돈 없이 프란츠에게 갈 수는 없었다. 내 작은 저금통을 가져와야 했다. 그 안에 돈은 충분치 않았다. 한참 모자란다는 걸 알고 있었지만 그래도 조금은 되었다. 한 푼도 없는 것보다는 얼마라도 있는 편이 나았고, 그걸로 프란츠를 달래야만 한다고 나는 직감했다.

양말만 신고 어머니의 방에 살금살금 들어가 책상에 있던 내 저금통을 집어올 때 내 기분은 형편없었다. 하지만 어제만큼은 아니었다. 심장이 쿵쾅거렸다. 방 아래의 계단에서 저금통을 처음으로 자세히 살펴보았을 때 잠겨 있다는 걸 알았다. 떨리는 가슴은 나아지지 않았다. 그것을 부수어 여는 건 어렵지 않았다. 고작해야 가느다란 철사를 뜯어내면 되었다. 도둑질을 하려고 저금통을 뜯자 마음이 아팠다. 그제까지 사탕이나 과일 따위를 몰래 먹은 적이 있을 뿐이었다. 내 돈이었지만 이번에는 도둑질이었다.

나는 프란츠와 그의 세계에 한 걸음 다가섰음을, 조금씩 보기 좋게 추락하고 있음을 깨닫고 저항했다. 악마가 나를 데리러 오더라도 이제 물러설 길이 없었다. 겁에 질려 돈을 세어 보았다. 저금통은 요란스러운 소리를 냈지만 손에 쥔 돈은 형편없이 적었다. 65페니히였다. 나는 저금통을 아래층 복도에 숨겨두고 돈을 꼭 쥐고는 집을 나섰다. 여느 때 이 문을 나서던 것과는 달랐다. 위에서 누군가 나를 부르는 것 같았지만 얼른 그 자리를 떴다.

시간은 아직 많았다. 나는 이리저리 둘러 달라진 도시의 골목을 지나, 한 번도 본 적 없는 구름 아래를 거쳐 나를 바라보는 집들을 지나갔다. 사람들은 나를 의심스럽게 바라봤다. 길을 걷던 중에 학교 친구 하나가 가축 시장에서 1탈러를 주웠다는 일이 떠올랐다. 하나님께서 기적을 일으켜 나도 그렇게 돈을 주울 수 있게 해달라고 기도하고 싶었지만, 이제 나에겐 기도할 권리조차 없었다. 그런다 해도 저금통이 다시 온전해지지는 않을 것이다.

프란츠 크로머는 멀리서 나를 알아보았다. 천천히 다가오는 그는 내게 신경 쓰지 않는 듯했다. 그는 내 곁에서 따라오라는 명령의 눈짓을 보였다. 그러고는 한 번도 돌아보지 않고 조용히 계속 걸어갔다. 골목을 지나 육교를 넘어 그는 집들이 끝나는 곳에 있는 빈 공사장에서 멈춰 섰다. 문도 창문도 없는 벽들이 삭막하게 서 있었다. 프란츠는 주위를 둘러보더니 문을 지나 안으로 들어갔고 나는 그를 따라갔다. 프란츠는 벽 뒤로 가서 자기한테 오라는 눈짓을 하더니 손을 내밀었다.

"갖고 왔어?" 그는 차갑게 물었다.

나는 주머니에서 꼭 쥔 손을 빼내 내가 가진 돈을 그의 활짝 편 손에 쏟아 부었다. 마지막 5페니히짜리가 쨍그랑 소리를 멈추기도 전에 그는 돈을 헤아렸다.

프란츠는 "65페니히로군." 하면서 나를 쳐다보았다.

"그래." 나는 수줍게 말했다. "내가 가진 전부야. 너무 적다는 건 나도 잘 알지만 그게 전부야. 더 가진 게 없다고."

"네가 이보다는 영리할 거라고 생각했는데."

그는 부드럽게 나를 탓하며 비난했다. "명예를 아는 사내들 사이에는 질서가 있는 법이야. 나는 정당하지 못한 것은 하나도 취하지 않을 거야, 그건 너도 잘 알겠지. 그따위 동전 나부랭이는 네가 도로 가져가, 자! 그 사람이라면─누군지는 너도 알겠지─나한테 대고 값을 깎으려 들지는 않을 거야. 제값을 치를 거라고."

"하지만 나는 가진 게, 가진 게 더 이상 없단 말이야! 그건 내가 저금해둔 돈이야."

"그건 네 사정이지. 나는 너를 불행하게 하지는 않을 거야. 넌 나에게 1마르크 35페니히의 빚을 진 거야. 언제 그 돈을 받을 수 있지?"

"아, 분명 그 돈을 받게 될 거야, 프란츠! 하지만 언제가 될지는 나도 아직 몰라. 아마 곧 돈이 더 생길 거야, 내일이나 모레. 하지만 내가 아버지에게 말할 수 없다는 건 너도 이해하잖아."

"그건 나랑 상관없는 일이야. 너를 해칠 마음은 없다고. 내 돈을 오전까지 받기만 하면 되니까. 이봐, 나는 가난하다고. 너는 좋은 옷을 입고 나보다 나은 점심을 먹었겠지. 나는 아무 말도 하지 않을 거야. 그러니까 조금 기다리겠다는 말이야. 모레 오후에 휘파람을 불면 제대로 돈을 가지고 오라고. 내 휘파람 소리 알지?"

프란츠는 내게 휘파람을 불어 보였다. 자주 듣던 소리였다.

"그래, 알겠어." 나는 말했다.

프란츠는 자리를 떠났고 나는 그를 따라가지 않았다. 그것은 그저 우리 사이의 거래일 뿐, 아무것도 아니었다.

프란츠의 휘파람 소리가 갑자기 다시 들려오면 오늘도 여전히 나는 놀랄 것이다. 지금도 자주, 계속해서 그 소리가 들려오는 것만 같다. 나를 종속하고 이제는 나의 운명이 되어버린 휘파람 소리가 들이닥치지 않는 어떠한 장소도, 놀이도, 일도, 사고도 없었다. 온화하고 화창한 가을 오후에 내가 퍽이나 사랑했던 우리 집 꽃밭에 머물 때면 특별한 충동을 느꼈다. 그곳은 지나간 시절에 했던 소년들의 놀이를 다시 하게 했다. 나는 나보다 어린, 아직 선하고 자유로우며 보호받는 순진한 소년 행세를 했다.

그러다가 프란츠의 휘파람 소리가 어딘가에서 그 한가운데로 들려올 때면, 예상했음에도 깜짝 놀랐다. 그 소리는 내 모든 상상을 파괴시켰다. 그러면 나는 가야 했고, 나를 괴롭히는 프란츠를 따라 추하고 끔찍한 곳으로 향해야 했다. 그에게 변명을 늘어놓으며 독촉을 받아야 했다. 그 모든 일이 불과 몇 주밖에 되지 않았을 테지만, 내게는 몇 년 아니 영원히 계속되는 것 같았다. 나는 돈을 가진 적이 드물었고, 고작해야 리나가 시장바구니를 부엌 탁자에 놓고 가면 거기서 5페니히나 1그로셴을 훔쳤다. 그때마다 프란츠는 나를 나무라며 잔뜩 경멸했다. 그의 돈을 가로채고 그의 정당한 권리를 빼앗으려 한 것은 나였다. 도둑질을 하고 그를 불행하게 만든 것도 나였다. 위기감이 그토록 심장까지 차오른 것은 내 인생에서 흔치 않았다. 그렇게 절망스럽고 구속됐다고 느낀 적은 없었다.

나는 저금통을 장난감 동전으로 채우고는 제자리에 가져다 놓았다. 아무도 그에 대해 물은 적은 없지만 어느 날이라도 물어볼 수 있는 일이었다. 내게 조용히 다가오는 어머니에게 프란츠의 거친 휘파람 소리보다도 더 큰 두려움을 느꼈다. 저금통에 대해 물으려 오신 건 아닐까?

악당 앞에 여러 번 빈손으로 나타났기 때문에 프란츠는 나를 다른 방식으로 괴롭히고 이용하기 시작했다. 나는 그를 위해 일해야 했다. 프란츠는 아버지를 대신해 외출하곤 했는데 나는 프란츠를 대신하는 일을 맡았다. 혹은 그는 나에게 뭔가 어려운 일을 하도록 지시했다. 가령 10분 동안 한 발로 뛰라거나 지나가는 사람의 윗옷에 종이쪽지를 붙이라는 것이었다. 꿈속에서도 이 괴롭힘은 여러 번 되풀이되었고 나는 악몽에 짓눌려 땀에 젖었다.

나는 한동안 아팠다. 자주 토했고 쉽게 추위에 떨었다. 밤이 되면 또다시 열이 나고 식은땀에 젖었다. 어머니는 무언가 잘못된 것을 느끼시고 무척 안타까워하셨는데 그것이 나를 더 괴롭게 했다. 그 안타까움에 신뢰로 답할 수 없었기 때문이다.

어느 날 저녁, 침대에 누워 있을 때 어머니는 초콜릿을 가지고 오셨다. 그것은 어린 시절을 떠올리게 했다. 얌전히 지내면 저녁 때 잘 자라는 의미에서 위로의 군것질거리를 얻곤 했다. 어머니가 여기 서서 나에게 초콜릿 조각을 내미셨다. 나는 너무나 마음이 아파 고개를 가로저을 수밖에 없었다. 어머니께서 무슨 일이냐고 물으시며 내 머리를 쓰다듬었다. 나는 "아니요! 아니요! 아무것도 먹지 않을 거예요!" 하고 외칠 뿐이었다. 어머니는 초콜릿을 침대 옆 탁자에 두고 가셨다. 다른 날 어머니는 그 일에 대해 캐물으셨는데 나는 아무것도 모르는 체했다. 한번은 어머니가 의사를 부르셨다. 의사는 나를 진찰하고서 아침에 찬물로 목욕하라는 처방을 내렸다.

당시 나의 상태는 일종의 정신착란이었다. 우리 집의 정돈된 평화 가운데서 나는 유령처럼 겁에 질린 채 고통받으며 살았다. 다른 사람의 인생에 대해서는 관여하지 않았고 한시도 나를 잊은 적은 없었다. 자주 화가 나서 내게 말을 거시는 아버지에게도 마음을 닫고 차갑게 굴었다.

2

카인

전혀 예상치 못한 곳에서 구원이 찾아왔다. 그와 더불어 내 인생에 새로운 것이 다가왔고 그것은 오늘날까지 계속 작용하고 있다.

우리 라틴어 학교에 얼마 전 새로운 학생이 나타났다. 우리 도시에 이사를 온 부유한 미망인의 아들로 팔소매에 검은 띠를 달고 다녔다. 나보다 한 학년 높고 몇 살 위였던 그는 당장 다른 아이들과 나의 눈에 띄었다. 독특했던 이 학생은 겉보기보다 훨씬 나이가 들어 보여서 소년이라는 인상을 주지 않았다. 우리 같은 어린 소년들 사이에서 그는 낯설게, 마치 어른처럼 성숙하게 행동했다. 인기가 있는 것은 아니었다. 그는 놀이에 끼지도 않았고 싸움질에는 더더욱 끼지 않았지만, 단호하고 자신 있게 선생님들에게 맞서는 그의 목소리만큼은 학생들의 마음에 들었다. 그의 이름은 막스 데미안이었다.

종종 있던 일이지만, 어떤 이유에서인지 우리 반의 큰 교실에 다른 반이 끼어들어 왔다. 데미안의 반이었다. 작은 아이들은 성경 이야기를 배웠고 큰 아이들은 작문을 해야 했다. 카인과 아벨의 이야기를 계속해서 배우는 동안, 나는 여러 번 데미안을 바라보았다. 그의 얼굴은 나를 신기하게 매혹시켰다. 그의 얼굴은 사려 깊고 밝게 빛나며 비범하고 단호했는데 나는 과제에 집중해 생각에 잠겨 있는 그 모습을 바라보았다. 그는 과제를 하는 학생 같지 않았고 자신의 문제를 진지하게 다루고 있는 연구자 같았다.

나에게 데미안은 조금도 편안하지 않았고 오히려 반감을 느꼈다. 그는 나보다 우수했고 차가웠다. 그는 본성적으로 너무도 대담하고 자신에 차 있었다. 그의 눈은 아이들이 결코 좋아하지 않는 어른의 모습을 하고 있었다. 조롱의 기색이 담긴 슬픈 눈이었다. 그렇지만 내 마음에 들기도 하고 거슬리기도 했던 그를 나는 계속 바라보아야만 했다. 그가 나에게 한 번 눈길을 주었을 때, 나는 깜짝 놀라 시선을 피했다. 그가 어떤 학생으로 보였는지 지금 다시 곰곰이 생각해보니 이랬다. 그는 모든 면에서 다른 학생들과 달랐다. 단연 특이했고 자신만의 고유함이 배어 있었다. 그 때문에 눈에 띄었지만, 눈에 띄지 않기 위해 무진 애를 썼다. 농부들 사이에서 그들과 똑같아 보이기 위해 갖은 노력을 다하는 변장한 왕자와 같이 옷을 입고 행동했다.

학교에서 집으로 돌아가는 길에 그는 내 뒤를 걷고 있었다. 아이들이 흩어지고 나서, 그는 나를 따라잡더니 인사를 건넸다. 어린 학생의 음성을 따라 했지만 그 인사는 무척 어른스럽고 정중했다.

"잠시 함께 갈까?"

그는 친절하게 물어왔다. 나는 기분이 우쭐해져서 고개를 끄덕였다. 그리고 내가 어디 사는지 그에게 알려주었다.

"아, 거기야?" 그는 미소 짓고서 말했다. "그 집이라면 벌써 알고 있어. 문 위에 특이한 것을 걸어두어서 관심이 가더라고."

그가 무슨 말을 하는지 나는 바로 알아채지 못했다. 그가 나보다 우리 집을 더 잘 알고 있어서 놀랐다. 그것은 문 위를 장식하는 둥근 띠의 꼭대기에 박힌 돌로 일종의 문장紋章이었다. 시간이 흐르면서 평평해졌고 여러 번 덧칠한 것이었는데, 내가 알기로는 우리 가문과 아무 상관이 없었다.

"그것에 대해서는 아는 게 없어." 나는 수줍게 말했다. "새나 그 비슷한 건데, 아주 오래된 거야. 우리 집은 예전에 수도원의 일부였다고 하거든."

"그럴 수도 있겠군." 그는 고개를 끄덕였다. "한번 자세히 보라고. 그런 것들은 아주 재미있거든. 난 그게 매라고 생각한다."

우리는 계속 걸었고 나는 몹시 당황했다. 데미안은 무슨 재미있는 것이라도 떠올린 듯 갑자기 웃었다.

"그래, 너희 수업을 들었어." 그는 생기를 띠면서 말했다. "이마에 표시를 달고 있는 카인의 이야기였지, 그렇지? 그 이야기가 마음에 들었어?"

아니었다, 우리가 배워야 했던 모든 것 중에 내 마음에 든 것은 거의 없었다. 하지만 마치 어른과 이야기하는 것 같아서 나는 감히 아니라고 할 수 없었다. 나는 카인의 이야기가 무척 마음에 들었다고 말했다.

데미안은 내 어깨를 두드렸다.

"이봐, 나한테는 아무것도 숨길 필요가 없다고. 그런데 그 이야기는 정말 특이해. 수업에서 듣던 다른 어떤 것보다 독특했어. 선생님은 많은 이야기를 하진 않았지만, 그저 하나님과 죄 그런 것들에 대해 설명했지. 하지만 내 생각에……."

그는 말을 멈추고 미소 지으며 물었다. "그런데 이런 데 관심 있어?"

"그러니까 내 생각에는 말이야." 그는 말을 계속 이었다.

"카인의 이야기는 완전히 다르게 이해될 수도 있어. 우리가 배우는 많은 것들이 대체로 사실이고 옳지만, 선생님들이 바라보는 것과 달리 생각해볼 수도 있어. 그러면 대부분 그것들은 훨씬 나은 의미를 지니거든. 가령 카인과 그의 이마에 새겨진 표시에 대해 우리가 들은 건 만족스럽지가 못해. 너는 그렇게 생각하지 않니? 싸우다가 형을 때려죽이는 일은 분명 일어날 수 있지. 나중에 그가 겁을 먹고 굴복하는 것도 있을 수 있는 일이야. 하지만 자신의 비겁함에 훈장까지 주었는데, 그것이 오히려 그를 보호하고 다른 사람들에게는 공포를 불러일으켰다니, 참 기이한 일이야."

"물론이야." 나는 그 이야기에 사로잡히기 시작했고 흥미롭게 말했다. "하지만 그 이야기를 어떻게 달리 설명하지?"

데미안은 다시 내 어깨를 쳤다.

"그야 아주 간단해! 이 이야기를 시작하게 한 것, 또 엄연히 존재했던 것은 바로 그 표시야. 언군에 무언가 다른 사람에게 공포를 불러일으키는 것을 지닌 남자가 있었지. 사람들은 감히 그를 만질 수 없었어. 카인과 카인의 자식들은 사람들에게 큰 인상을 남겼지. 하지만 그건 아마도 우편 소인처럼 이마에 새겨진 표시가 아니었을 거야. 아니, 그건 확실해. 인생은 대개 그리 얼버무릴 수가 없거든. 오히려 그건 알아차리기 힘들 정도로 무시무시한 어떤 것, 시선 속에 담긴 정신과 대범함이겠지. 사람들은 그런 데 익숙하지 않거든. 그는 힘을 가졌고 사람들은 그를 두려워했어.

그는 '표시'를 지녔거든. 사람들은 나름대로 그것에 대해 설명했지. '사람들은' 언제나 편한 것, 옳다고 여기는 것을 하려 들거든. 사람들은 카인의 자식들도 두려워했어. 표시를 지녔거든. 사람들은 그 표시를 있는 그대로, 하나의 훈장으로 설명하지 않았어. 오히려 그 반대였지. 이 표시를 지닌 녀석들은 무시무시하다고 떠들었지. 그들은 정말 그랬거든. 용기와 개성을 지닌 사람들은 다른 이들에게 항상 무시무시해 보이는 법이야. 공포를 모르는 무시무시한 종족이 이리저리 돌아다닌다는 건 무척 불쾌하니까. 복수하기 위해, 견뎌온 공포를 보상하기 위해 사람들은 이제 이 종족에게 특별한 이름을 붙이고 이야기를 지어냈지. 알겠니?"

"그래, 그러니까 카인은 악한 사람이 아니란 말이야? 성경에 나온 그 이야기가 실제로는 사실이 아니라는 말이지?"

"그럴 수도 있고 아닐 수도 있어. 그런 옛날, 아주 먼 옛날의 이야기는 실제 그대로 기록되는 것도 아니고 설명되는 것도 아니야. 간단히 말하자면 카인은 훌륭한 사내였는데 사람들이 그를 두려워했기 때문에 그런 이야기가 덧붙여진 거야. 그저 사람들이 떠벌리고 다닌 그런 소문일 뿐이지. 하지만 카인과 그의 자식들이 정말로 표시를 지녔고 보통 사람들과 달랐다는 건 온전히 사실이라고."

나는 매우 놀랐다.

"그렇다면 형을 때려죽인 것도 사실이 아니라는 거야?"

나는 충격에 휩싸여 물었다.

"아, 그건 사실이지! 분명 그건 사실이라고. 강자가 약자를 죽인 거야. 정말 그의 형이었는지는 의심스럽지만. 그런 건 중요치 않아, 결국 사람은 모두 형제니까. 그러니까 강자가 약자를 때려죽였어. 그건 어쩌면 영웅적인 행위일 수도 있고 그렇지 않을 수도 있겠지. 어쨌든 또 다른 약자들은 겁에 질려서 몹시 불평을 해댔지. '왜 너희들은 그냥 저자를 때려죽이지 않는 거야?' 하고 누군가 묻는다면 그들은 '우리는 겁쟁이니까'라고 대답하는 대신, '그럴 수는 없어. 저자는 표시를 지녔어. 하나님이 그에게 표시를 한 거라고!' 그런 식으로 거짓 이야기가 만들어낸 게 틀림없어. 아, 너를 붙잡아 두고 있었구나. 그럼 안녕!"

그는 알트 가세로 접어들었다. 나는 다른 어느 때보다 놀란 채 혼자 남겨졌다. 데미안이 사라지자 그가 말한 모든 것이 믿기지 않았다. 카인은 고귀하고, 아벨은 비겁하다니! 카인의 표시가 훈장이라니! 터무니없었다. 신성모독에 극악무도하기까지 했다. 그렇다면 사랑의 하나님은 어디 계신단 말인가? 하나님께서 아벨이 바친 제물을 받아들이시고 그를 아끼지 않으셨던가? 아냐, 말도 안 돼! 데미안이 나를 놀리고 골탕 먹이려는 속셈이었다. 빌어먹게 영리한 녀석이었다. 잔도 지껄여댔기만, 그건　　　이니었다.

아무튼 이제까지 성경 혹은 다른 어떠한 이야기에 대해 그토록 많은 생각을 한 적은 없었다. 그리고 이토록 오랜 시간 동안, 저녁 내내 프란츠 크로머를 완전히 잊어버린 적도 없었다. 나는 집에서 성경에 있는 그 이야기를 다시 한 번 찬찬히 읽어봤다. 그것은 짧고도 분명했다. 거기서 특별히 숨겨진 의미를 찾는다는 건 미친 짓거리였다. 살인자가 자신을 하나님의 사랑을 받는 자라고 공언할 수 있을까? 아냐, 말도 안 돼. 그저 데미안이 그런 말을 하던 방식에 끌렸을 뿐이다. 그 모든 것을 마치 당연하다는 듯 가볍고 상냥하게 말했다. 게다가 그런 눈을 하고서!

물론 나도 정상은 아니었다. 심지어 몹시 혼란스럽기도 했다. 나는 밝고 깨끗한 세계에서 살아 왔다. 나는 아벨과 동류였다. 하지만 이제 나는 '다른 사람'에 깊숙이 관여해 추락하고 침몰했다. 그렇다고 그것에 열렬히 찬성하지는 못했다! 어떻게 그럴 수 있단 말인가? 그렇다. 한순간 숨을 멎게 할 것만 같은 한 기억이 내 안에서 반짝였다. 현재의 슬픔이 시작되었던, 그 불쾌한 저녁에 나는 아버지와 함께였다. 그때 나는 한동안 아버지, 그의 밝은 세계와 지혜를 꿰뚫어보고서 경멸했다! 그렇다. 나 스스로가 카인이었으며 그 표시를 지니고 있었다. 표시는 치욕이 아닌 훈장이며, 나는 악함과 불행으로 아버지, 그 선함과 신앙심보다 높은 곳에 서 있다고 상상했다.

당시에 그 일을 겪었던 것은 이렇게 명확한 사고의 형태를 띠지는 않았지만, 이 모든 것을 내포하고 있었다. 그것은 아프면서도 나를 자랑스럽게 해주는 이상한 흥분이자, 감정의 타오름이었다.

생각해보면, 데미안은 얼마나 기이하게 겁 없는 자와 비겁한 자에 대해 말했던가! 얼마나 진기하게 카인의 이마에 새겨진 표시를 해석했던가! 그때 그의 눈, 어른의 모습을 한 그의 독특한 눈은 얼마나 기묘하게 빛났던가!

희미하게 이런 생각이 머리를 스쳤다. 데미안, 그가 바로 카인과 같은 인간이 아닐까? 그 자신이 카인과 닮았다고 느끼지 않는다면 왜 카인을 옹호하겠는가? 그의 눈빛에는 왜 그런 힘이 담긴 걸까? 왜 그는 '다른 사람들', 겁 많은 자를 그토록 경멸하듯 말하는 걸까? 그들은 사실 하나님의 마음에 든 경건한 사람들이지 않던가?

내 생각은 끊임없이 이어졌다. 돌멩이 하나가 샘으로 던져졌다. 그 샘물은 바로 나의 영혼이었다. 오랜 시간, 아주 오랜 시간 동안 카인과 살인 그리고 카인의 표시는 인식과 회의, 비판을 시작하는 내 노력의 출발점이었다.

다른 학생들도 데미안에게 집중하고 있다는 것을 나는 알아챘다. 카인 이야기는 아무에게도 하지 않았지만 그는 다른 아이들의 관심을 끌고 있었다. '새로운 학생'에 대해 무성한 소문이 돌고 있었다. 내가 그 모든 소문들을 알았더라면, 그 하나하나가 그의 위신에 영향을 끼치고, 어떻게든 해석되어야 했을 것이다. 나는 그저 알려진 바와 같이 그의 어머니가 부자라는 것을 알았을 뿐이다. 사람들은 그녀가 교회에 다니지 않으며 데미안 또한 그렇다고 말했다. 어쩌면 그들은 은밀한 회교도일지도 몰랐다.

막스 데미안의 체력에 대해서는 동화 같은 소문이 나돌았다. 싸움을 청한 가장 힘센 학생이 싸움을 거부하는 데미안을 겁쟁이라

불렀고, 데미안이 그에게 큰 굴욕을 주었던 건 분명했다. 데미안은 한 손으로 그 학생의 목덜미를 낚아채고 힘껏 눌렀는데 그는 새하얗게 질려서 나중에는 슬금슬금 도망쳤는데 며칠 동안 팔을 쓰지 못했다고, 그 자리에 있었던 학생들이 전했다. 어느 서녁나절에는 그가 죽었다는 소문마저 돌았다. 한동안 온갖 이야기가 나돌았는데 그 모든 말들이 재미있으면서도 놀라웠다. 그러고는 잠시 잠잠해졌다가 곧 새로운 소문이 학생들 사이에 떠돌았는데, 데미안이 여자들과 친하게 지내며 '모든 걸 안다'는 내용이었다.

　프란츠 크로머와 관련된 사건은 피할 수 없는 길로 치닫고 있었다. 나는 그에게서 벗어나지 못했다. 그는 이따금 나를 며칠씩 가만히 내버려뒀지만 나는 그에게 매여 있었다. 꿈속에서 그는 그림자처럼 나와 함께 살았다. 꿈에서 그는 나에게 실제로 저지르지 않은 일을 하게 했고, 나는 완전히 노예와 마찬가지였다. 현실보다는 꿈속에 사느라—나는 언제나 몽상가였다—그림자로 인해 힘과 생기를 잃어버렸다. 게다가 크로머가 나를 학대하는 꿈을 자주 꿨다. 그는 나에게 침을 뱉고 나를 올라타고 무릎으로 짓눌렀다. 프란츠는 나에게 심한 범죄를 저지르도록 유혹했는데—아니, 유혹했다기보다 큰 영향력을 행사해 강요하는 것이었다. 그런 꿈 중에서, 내가 반쯤 미쳐서 깨어나게 했던 꿈은 아버지를 기습해 살해하는 내용이었다. 크로머는 칼을 갈아 내 손에 쥐어 주었다. 우리는 어느 골목의 나무 뒤에 숨어 누군가를 기다리고 있었는데, 나는 그가 누구인지 몰랐다. 누군가 다가왔고 크로머는 내 팔을 누르며 말했다. 내가 찔러 죽여야 하는 사람이 바로 저자라고. 그는 바로 아버지였다. 그때 나는 잠에서 깨어났다.

이런 사건들을 통해 나는 카인과 아벨에 대해 다시 생각하게 됐지만 데미안을 크게 생각한 것은 아니었다. 그가 다시 내게 가까이 다가온 것은 이상하게도 꿈속에서였다. 나는 학대와 폭력을 당하는 꿈을 꾸었다. 하지만 이번에는 크로머 대신 데미안이 나를 올라타고 무릎으로 짓눌렀다. 그리고—그것은 무척이나 새롭고 깊은 인상을 남겼다—크로머로 인한 고통과 저항으로 겪은 모든 것을 데미안에게서는 기꺼이 견뎠는데 그만큼의 기쁨과 공포를 포함한 감정이 담겨 있었다. 이런 꿈을 두 번 꾸고 나자, 다시 크로머가 제자리에 나타났다.

꿈속과 현실을 나는 오래전부터 더 이상 정확히 분리해낼 수가 없다. 어쨌든 크로머와의 좋지 못한 관계는 계속 진행되었고, 사소한 도둑질을 통해 빚진 돈을 다 갚았을 때도 그 관계는 끝나지 않았다. 아니, 그는 그 도둑질에 대해 알고 있었고, 어디서 돈이 났느냐고 항상 물었다. 나는 예전보다도 더 그의 손아귀에 사로잡혔다. 그는 아버지에게 모든 걸 말하겠다며 자주 나를 협박했다. 두려움은 처음부터 이런 일을 벌이지 말았어야 했다는 깊은 후회보다는 더하지 않았다. 나는 무척 비참했지만 그렇다고 모든 것을 뉘우치는 건 아니었다. 적어도 항상 그렇지는 않았다. 이따금 모든 것이 그럴 수밖에 없다는 느낌이 들었다. 내게는 불행이 드리워졌고 거기서 빠져나오려는 짓은 쓸모없었다.

이런 상황에서 부모님도 꽤나 속상했을 것이다. 나는 낯선 유령에 홀린 듯 친근했던 가족이라는 공동체와 더 이상 어울리지 않았다. 잃어버린 낙원을 그리워하듯, 이 공동체를 향한 향수는 자주 강렬하게 나를 찾아왔다. 특히 어머니는 나를 말썽장이가 아니라 환자 대하듯 하셨다. 그러나 두 누이들의 태도를 보면 실제 상황을 가장 잘 알 수 있었다. 나를 위하면서도 한없이 비참하게 했던 그들의 태도를 보면서, 나는 귀신에 씐 사람 혹은 비난보다는 한탄을 들어야 마땅한 사람, 내면에 악이 싹트고 있는 사람이라는 것을 분명히 알게 되었다. 그들은 평소와 달리 나를 위해 기도했지만 나는 그런 기도가 소용없다고 생각했다. 안정감이 그리워 속 시원히 털어놓고 싶은 충동을 자주 느꼈다. 하지만 부모님께조차도 모든 것을 알리고 설명할 수 없었다. 나를 따뜻하게 인정해주고 아끼며 마음속 깊이 안타까워하기는 하겠지만, 나를 완전히 이해하지는 못할 것이다. 모든 것이 운명이었건만, 그들은 탈선으로 여기리라.

열한 살도 안 된 소년이 이런 생각을 한다는 것을 믿지 못할 사람들도 꽤 있을 것이다. 그들이 아닌, 인간을 보다 잘 이해하는 사람들에게 나의 이야기를 하겠다. 자신의 감정을 사고를 통해 고쳐나가는 성인은 어린아이가 가진 이런 생각을 잘못 판단하는 경험이 없을 것이다. 이제까지의 인생에서 그때만큼 깊이 체험하며 고뇌했던 적도 없으리라.

비가 오던 어느 날, 나를 핍박하던 크로머는 성 앞 광장으로 나를 불러냈다. 나는 축축한 검은 나무에서 떨어진 마로니에 잎을 발로 헤집으며 서 있었다. 크로머에게 줄 돈은 없었고, 무엇인가 건네기 위해 케이크 두 조각을 가지고 와 기다리고 있었다. 나는 벌써 오래전부터, 그렇게 어딘가 한구석에 서서 오래도록 그를 기다리는데 익숙했다. 돌이키지 못할 일은 그저 인정해야 하듯, 그 사실을 받아들이고 있었다. 결국 크로머가 나타났다. 그날 그는 오래 머물지 않고, 그저 내 가슴을 주먹으로 가볍게 몇 번 두드리며 웃었다. 그는 케이크를 받고서 나에게 젖은 담배를 건네기까지 했다. 나는 받지 않았지만 그는 계속 권하며 유독 친근하게 굴었다.

"알아둬." 그는 떠나며 말했다.

"나는 아직 잊지 않고 있어. 다음번에는 누나를 데리고 와. 큰누나 말이야. 누나 이름이 뭐였지?"

나는 이해하지도 대답하지도 못했다. 그저 당황해서 그를 쳐다보았다.

"아직도 모르겠어? 누나를 데리고 오라고."

"무슨 말인지 알아, 크로머. 하지만 그럴 수는 없어. 그럴 수가 없다고. 누나도 나를 따라오지 않을 거고."

예전처럼 그저 나를 괴롭히려는 수작에 지나지 않을 것이다. 그는 자주 그랬으니까. 불가능한 일을 요구하면서 나를 놀라게 하고 모욕했고, 나중에는 서서히 자기와 타협하게 만들었다. 그러면 나는 돈을 조금 쥐어주거나 선물을 안기고 그를 피해야 했다.

이번에는 상황이 완전히 딴판이었다. 내가 거절했지만 그는 화도 내지 않았다.

"글쎄." 그가 말했다.

"곰곰이 생각해봐. 난 너희 누나와 알고 지냈으면 좋겠어. 좀 알고 지내는 거야 될 수도 있잖아. 누나와 산책하러 나와. 그러면 내가 알아서 찾아갈 테니. 내일 휘파람을 불면 나오라고. 그때 다시 이야기하는 거야."

그가 떠나고 나서 불현듯 그가 무얼 원하는지 슬며시 알아챘다. 나는 여전히 순전한 어린애였다. 그러나 소년 소녀가 성숙해지면 금지된 상스러운 일들을 비밀스럽게 행할 수 있다는 것을 들어 알고 있었다. 곧 얼마나 엄청난 일이 벌어질지 갑작스레 분명해졌다. 나는 결코 그러지 않으리라 마음먹었지만, 나중에 어떤 일이 벌어질지 또 크로머가 어떻게 복수를 벌일지에 대해서는 생각조차 못하고 있었다. 더 새로운 고문이 시작되었다. 아직도 충분치 않았던 것이다.

나는 절망한 나머지 손을 호주머니에 쑤셔 넣고 텅 빈 광장을 가로질렀다. 새로운 고통, 새로운 노예!

그때 밝지만 낮은 음성이 나를 불렀다. 나는 깜짝 놀라 재빨리 걸었다. 누군가 내 뒤를 쫓아오더니 한 손으로 내 등을 살며시 건드렸다. 막스 데미안이었다.

그가 붙잡도록 내버려두었다.

"너야?" 나는 불안하게 말했다. "놀랐잖아."

그는 나를 쳐다보았다. 그때만큼 성숙하면서도 사람을 꿰뚫어보는 압도적인 시선으로 나를 바라본 적은 없었다. 우리는 한동안 대화를 나누지 않았다.

"딱한 일이야." 그는 그답게 친절하면서도 단호하게 잘라 말했다.

"그렇지만 누가 놀라게 한다고 그렇게 놀라서는 안 돼."

"그렇지만 그럴 수도 있는 일이라고."

"그럴 수도 있겠지. 하지만 알아둬. 네가 그렇게 너에게 아무 짓도 하지 않은 사람 앞에서 무서워하면, 그 사람은 이상하게 보기 시작할 거고, 궁금해할 테지. 그는 네가 무척 무서움을 탄다고 생각할 거라고. 그리고 그렇게 행동하는 건 겁이 나서라고 생각하겠지. 겁쟁이들은 언제나 불안하거든. 그렇지만 너는 본래 겁쟁이는 아니야. 물론 영웅도 아니지만. 넌 지금 무언가 두려워하고 있어. 어떤 사람에게 겁을 집어먹고서 말이야. 하지만 결코 그러면 안 돼. 그래, 사람을 두려워해서는 안 돼. 날 두려워하지는 않겠지, 아니면 두려워하는 건가?"

"아, 아니야, 전혀 두렵지 않아."

"그렇겠지. 하지만 너는 누군가를 무서워하고 있는 거잖아?"

"몰라. 나를 내버려둬, 나한테 바라는 게 뭐야?"

그는 내 곁을 따라 걸었고 나는 도망칠 마음으로 더 빨리 걸었다. 곁에서 그의 시선이 느껴졌다.

"이렇게 한번 생각해봐." 그가 다시 말을 꺼냈다. "내가 널 좋게 생각하고 있다는 걸 말이야. 나에게 겁을 집어먹을 필요는 없어. 너하고 실험을 한번 해보고 싶어, 재미있기도 하고 너는 거기서 괜찮은 걸 배울 수도 있어. 잘 들어봐! 나는 이따금씩 독심술을 부리곤 해. 나쁜 마술 같은 건 아니지만 제대로 할 줄 모르면 이상해 보일 수도 있어. 그걸로 사람들을 꽤 놀라게 할 수 있거든. 자, 우리 한번 시험해보자. 내가 네게 관심이 있고 네 마음속이 어떤지 알아보고 싶어서 널 놀라게 하기로 했지. 그래서 넌 잘 놀라는 거고 결국 두려운 일이나 사람 때문에 그런 거야. 왜 이런 일이 일어났을까? 그렇다고 누구를 두려워할 필요 없어. 누군가를 두려워한다면, 그건 그 누군가에게 자기 자신을 지배할 힘을 내주었기 때문이야. 가령 뭔가 나쁜 짓을 저질렀어, 상대방도 그걸 알고. 그럴 때 그가 너를 지배하는 힘을 가지는 거야. 알아들었어? 이제 분명해졌지, 안 그래?"

나는 어찌할 줄 몰라 그의 얼굴을 들여다보았다. 늘 그랬듯 영리하고 진지했다. 너그러워 보였지만 정답기보다는 엄격했다. 정의로움 혹은 그 비슷한 무언가가 서려 있었다. 나는 내게 무슨 일이 벌어지는지도 몰랐다. 그는 마술사처럼 내 앞에 서 있었다.

"이해했어?" 그가 또다시 물었다.

고개를 끄덕였지만 아무 말도 할 수 없었다.

"너한테만 말해두는 건데 독심술은 우습게 보이기도 하지만 아주 자연스러운 거야. 언젠가 카인과 아벨 이야기를 들려주었을 때 네가 나에 대해서 어떻게 생각했는지 꽤 정확하게 맞출 수도 있어. 이건 다른 이야기지만 말이야. 네가 한 번쯤 내 꿈을 꾸었을 거라 생각해. 하지만 그런 건 됐어! 넌 똑똑한 아이고, 대부분의 아이들은 너무 멍청하거든! 나는 내가 믿을 수 있는 똑똑한 아이와는 어디서건 즐겁게 이야기할 수 있어. 괜찮겠지?"

"그럼 괜찮고말고. 하지만 난 좀처럼 이해하지 못하겠어."

"우리 즐거운 실험을 계속해보자! S라는 소년이 잘 놀란다는 걸 알게 될 거야. 그 아이는 누군가를 두려워하지. 그 아이와 상대방 사이에는 분명 아주 불편한 비밀이 있을 거야. 대충 맞겠지?"

나는 데미안의 목소리에, 그의 힘에 꿈에서처럼 굴복하고 있었다. 이 목소리는 나로부터 나오는 목소리가 아니던가? 모든 것을 알고 있는 목소리가 아니던가? 모든 것을 나보다 더 분명하고 확실하게 알고 있는 목소리가 아니던가?

그는 내 어깨를 힘껏 두드렸다.

"그래 맞는 거야. 그럴 줄 알았어. 이제 딱 한 가지만 더 물어볼게. 방금 사라진 저 아이의 이름이 뭔지 아니?"

나는 흠칫 놀랐다. 마음속에 아프게 감추어둔 비밀이 다시 움츠러들어 밖으로 나오려 하지 않았다.

"누구? 다른 사람은 없어, 나뿐이지."

데미안은 웃었다.

"그냥 말해." 그가 웃었다. "쟤 이름이 뭐야?"

나는 조그맣게 말했다. "프란츠 크로머 말이야?"

그는 만족해하며 내게 고개를 끄덕였다.

"우와, 역시 넌 똑똑한 녀석이야. 우린 친구가 될 수 있을 거다. 그런데 네게 해줄 말이 있어. 그 크로머는, 이름이 뭐든 간에, 나쁜 녀석이야. 얼굴에 나는 악당이라고 씌어 있어! 넌 어떻게 생각하니?"

"응, 맞아." 나는 한숨을 푹 쉬었다. "크로머는 나빠, 악마라고! 하지만 걔는 아무것도 알아채서는 안 돼! 맙소사, 제발, 그 아이가 알아내서는 안 돼! 크로머를 알아? 너도 그 아이를 아냐고?"

"조용히 해! 크로머는 갔어. 그리고 날 몰라. 아직은. 하지만 나는 크로머에 대해 알고 싶다고. 걘 공립학교에 다니니?"

"응."

"몇 학년인데?"

"5학년. 하지만 걔한테 아무 말도 하지 마! 제발, 제발 크로머에게 아무 말 말라고!"

"걱정 마, 너에겐 아무 일도 일어나지 않을 거야. 크로머에 대해 좀 더 말해줄 수는 없니?"

"그럴 수 없어! 안 돼, 날 내버려둬!"

그는 한동안 말이 없다가 입을 뗐다.

"유감이야. 좀 더 실험해볼 수도 있었을 텐데. 하지만 더 이상 괴롭히지는 않을게. 크로머를 두려워하는 게 옳지 않다는 건 너도 잘 알겠지, 응? 그런 두려움이 우릴 완전히 망가뜨리는 거야. 그 두려움을 떨쳐내야 해. 넌 그 두려움을 떨쳐내야 한다고. 네가 진정한 남자가 되려면 말이야. 이해하겠니?"

"그래, 네 말이 다 맞아. 하지만 그렇게 못하겠는걸. 넌 잘 몰라."

"내가 어떤 부분에 대해서는 너보다 더 많은 걸 알고 있단다. 너 걔에게 혹시 빚진 거라도 있니?"

"그래, 그렇기도 해. 그렇지만 그게 중요한 문제는 아니야. 난 말할 수 없어, 할 수 없어!"

"빚진 돈을 내가 갚아주어도 아무 소용이 없다는 거야? 그 돈을 내가 너한테 줄 수도 있는데."

"아니야, 아니라고. 그게 아니야. 부탁이야, 아무에게도 말하지 마! 한마디도 하지 말라고! 너는 날 불행하게 해!"

"날 믿어, 싱클레어. 넌 언젠가 너희의 비밀을 내게 말하게 될 거야."

"결코 그러지 않을 거야, 결코!" 나는 큰 소리로 외쳤다.

"그래, 네 마음대로 해. 어쩌면 나중에 내게 말할지도 모르겠지만! 네가 원해서 말이야. 그건 당연한 거야! 내가 크로머 녀석처럼 굴 거라고 생각하는 건 아니겠지?"

"아, 아니야. 하지만 넌 아무것도 몰라."

"전혀 모르지. 그저 그 일에 대해 찬찬히 생각해볼 뿐이야. 난 결코 크로머처럼 굴지는 않을 거야. 그건 믿어줘. 게다가 나에게 너는 아무 빚도 지지 않았잖아."

우리는 한동안 아무 말도 하지 않았다. 나는 차츰 마음을 진정시켰지만 데미안이 그 사실을 알고 있다는 것이 점점 신기했다.

"그럼 난 이만 집에 가야겠다." 데미안이 말했다. 그는 밝은 빛을 받으며 외투를 꽉 여몄다. "여기까지 말이 나왔으니 하나만 더 이야기하고 싶은데 말이야. 너는 그 녀석을 떨쳐버려야 할 거야! 다른 수가 없다면 그 아이를 때려죽여! 네가 그렇게 하면 좋겠어. 나도 널 도울 거고."

나는 새로운 겁을 집어먹었다. 다시금 카인의 이야기가 떠올랐다. 나는 너무 두려워 울먹였다. 주변에 두려운 일이 너무도 많았다.

"그래, 좋아." 데미안은 웃으며 말했다. "집으로 가! 우린 이제껏 그래왔지. 때려죽이는 게 가장 간단한 일이겠지만 말이야. 이런 일에는 단순한 게 최선이야. 크로머와 사귀는 건 득 될 게 없어."

나는 집에 돌아왔다. 마치 1년쯤 떠나 있었던 것 같았다. 모든 것이 달라보였다. 나와 크로머 사이에는 미래 혹은 희망 같은 무엇이 있었다. 나는 더 이상 홀자가 아니었다! 혼자서 몇 주 동안 무시무시할 정도로 비밀과 함께했음을 이제야 비로소 깨달았다. 가끔씩 부모님께 고해하면 속이 시원하리라 여겼지만 그것이 나를 온전히 구원하지는 못할 것 같았다. 이미 나는 다른 사람, 낯선 사람에게 고해한 것이나 다름없었다. 그리고 구원의 예감이 짙은 향기처럼 풍겨 왔다.

그 후로도 한동안 두려움을 극복하지 못했다. 나의 적과 두렵고도 부단한 싸움을 벌일 다짐을 하던 중이었다. 그래서인지 모든 일이 조용하고 순탄하게, 그러면서도 비밀스럽게 흘러가는 것이 이상스러웠다.

더 이상 집 앞에서 크로머의 휘파람 소리가 들려오지 않았다. 하루, 이틀, 사흘, 한 주일 동안. 나는 그 사실을 결코 믿을 수 없었다. 마음속으로는 늘 초조해하고 있었다. 크로머가 예상치 못한 곳에 서 있지 않을까 하고. 하지만 그는 나타나지 않았다. 계속 나타나지 않았다! 이 새로운 자유가 믿기지 않았다. 마침내 내가 프란츠 크로머와 만나게 되었을 때도 나는 믿지 못했다. 그는 맞은편에서 자일러 가세를 따라 내려오다가 나를 보자 멈칫하며 얼굴을 심하게 찡그리고는 얼른 돌아섰다.

나로서는 놀라운 순간이었다! 적이 나를 피해 달아났다! 악마가 나를 두려워하는 것이다! 기쁨과 놀라움이 온몸에 퍼졌다.

그 무렵 데미안이 다시 한 번 나타났다. 학교 앞에서 나를 기다리고 있었다.

"안녕." 내가 말했다.

"안녕, 싱클레어. 요즘 어떻게 지내는지 궁금했어. 크로머는 이제 널 건드리지 않지, 안 그래?"

"네가 그렇게 한 거야? 하지만 어떻게? 도대체 어떻게? 도저히 이해할 수가 없어. 크로머는 아예 나타나지도 않아."

"그거 잘됐구나. 혹시 다시 나타나면, 안 그러겠지만, 크로머는 뻔뻔한 녀석이거든. 그냥 개한테 데미안을 생각해보라고 해."

"그게 무슨 말이야? 크로머랑 싸운 거야, 때려준 거야?"

"아니, 난 그런 짓은 별로 좋아하지 않아. 개하고 그냥 이야기했어. 너하고 말했듯이 말이야. 널 가만히 내버려두는 게 그에게도 이로울 거라는 사실을 똑똑히 알게 했지."

"오, 너 크로머에게 돈을 준 건 아니지?"

"아니야. 그런 방법이라면 네가 벌써 해봤잖아."

자꾸 캐물어보려 했지만 그는 떠났다. 나는 데미안에게 예전부터 가져왔던 감정, 감사와 수줍음, 존경심과 두려움, 헌신과 내면의 거부가 기이하게 뒤섞인 답답한 감정을 느끼며 그 자리에 남았다.

곧 그를 다시 보겠거니 했다. 그와 그 모든 것에 대해서, 또 카인의 일에 대해서도 더 이야기를 나눴으면 했지만 그렇게 되질 않았다.

감사는 결코 내가 믿는 미덕이 아니었다. 어린아이에게 감사를 요구하는 건 잘못되어 보였다. 막스 데미안에게 나는 여전히 감사하지 않다는 것이 별로 놀랍지 않다. 데미안이 나를 크로머로부터 구제해주지 않았더라면 나는 평생 병들고 상처받았을 거라고 확신한다. 당시 나는 그의 구원을 내 짧은 인생 중에 가장 큰 경험으로 꼽는다. 그러나 그가 기적을 완수하자마자 구원해준 그를 나는 곧 잊어버렸다.

앞서 말했듯, 감사하지 않았지만 조금도 이상하지 않았다. 기이한 점은 오로지 내가 더 이상 많은 호기심을 보이지 않았다는 사실이다. 나를 데미안과 가까워질 수 있게 해준 비밀들을 좀 더 캐보지도 않고 어떻게 하루라도 평온하게 살아갈 수 있었을까? 카인에 대해, 크로머에 대해, 독심술에 대해 더 알아보려는 욕망을 어떻게 억제할 수 있었을까?

이해하기 힘든 일이지만 실제로 그랬다. 갑자기 악령이 씌운 그물에서 스르르 풀려나는 나를 보았다. 더 이상 두려움의 발작과 목을 죄는 심장 고동에 시달리지 않았다. 저주의 주문은 풀렸다. 나는 더 이상 괴로움에 떠는 저주받은 자가 아니었다. 나는 다시 평소와 같은 학생이었다. 내 본성은 재빨리 균형과 안정을 되찾아갔다. 본성은 그 많은 추하고 위협적인 것을 떨쳐버리려고, 잊어버리려고 했다. 내 죄와 불안의 긴 역사 전체가, 그 어떤 흉터도 인상도 남기지 않은 채 내 기억에서 쑥 빠져나갔다.

나의 조력자이자 구원자 역시 똑같이 빨리 잊어버리려 했다는 것도 이제는 이해하겠다. 내 상처받은 영혼의 모든 충동과 힘을 쏟아 나는 저주의 고해로부터, 크로머의 무서운 예속에서부터 도망쳐 돌아왔다. 일찍이 행복해하고 만족스러워한 곳으로, 다시 펼쳐진 잃어버렸던 낙원으로, 부모님의 밝은 세계로, 누이들에게로, 정결함의 향기로, 아벨이 누렸던 신의 호의로.

나는 데미안과 짧은 대화를 나누고 다시 얻은 자유를 완전히 확신했다. 재발을 두려워하지 않게 되었을 때, 그날로 나는 자주 그리워하며 소망했던 것을 실행했다. 고해를 한 것이다. 어머니에게 가서, 자물쇠가 망가지고 장난감 돈으로 채워진 저금통을 보여드리고, 얼마나 오랫동안 내 죄 때문에 사악한 자에게 묶여 있었는지를 말씀드렸다. 어머니는 다 이해하지는 못했지만 저금통을 보고 변한 나의 시선과 목소리를 듣고는, 내가 회복되었고 되돌아왔다고 안도하셨다.

곧이어 다시 받아들여진 나를 위한 축제가, 탕아를 위한 귀향 의식이 벌어졌다. 어머니는 나를 아버지께 데려가셨고, 같은 이야기가 되풀이되었으며 질문과 놀람의 탄성이 터져 나왔다. 부모님은 내 머리를 쓰다듬으시며 마음의 짓눌림을 떨치고 안도의 숨을 내쉬셨다. 모든 것이 근사했다. 모든 것이 소설 같았다. 모든 것이 놀랍도록 순조롭게 풀렸다.

이제 나는 열정적으로 이 안정 속으로 숨어들었다. 다시 평화를 되찾고 부모님의 신뢰를 되찾았다는 것에 싫증나지 않았다. 나는 집안의 모범적인 아들이 되었다. 그 어느 때보다 더 많이 누이들과 놀았고, 기도 시간에는 구원받은 개종자의 감정으로 좋아하는 옛 노래들을 함께 불렀다. 그런 일은 진심에서 우러났으며 어떤 거짓도 섞이지 않았다.

그렇지만 모든 일이 해결된 건 아니었다! 이것이 바로 내가 데미안을 잊은 이유를 진정으로 설명해줄 수 있다. 그에게 나는 고백했어야 했다! 집에서처럼 화려하고 감동적인 고해는 아니더라도 그 결과는 나에게 유익했을 것이다. 나는 모든 뿌리를 뻗쳐 예전의 낙원 같은 세계에 매달렸다. 집으로 돌아온 나는 관대하게 받아들여졌다. 그러나 데미아운 결코 이 세계에 속하지 않았다. 이 세계에 들어맞질 않았다. 그도, 크로머와는 다르지만, 또 다른 유혹자였다. 그런 것이라면 영원히 알고 싶지 않았던 내게 데미안은 나쁜 세계와 나를 묶어주는 또 다른 유혹자였던 것이다. 그 순간, 다시 아벨이 되어버린 그 순간, 아벨을 포기하고 카인을 찬양하는 일을 도울수도 없었고 또 그러고 싶지도 않았다.

드러난 상황은 그랬다. 그러나 내면적인 상황은 이랬다. 나는 크로머라는 악마의 손아귀에서 풀려났다. 물론 내 자신의 힘과 노력으로 풀려난 건 아니었다. 나는 세상의 오솔길을 똑바로 걸으려고했는데, 그 길들이 내게 너무 미끄러웠다. 친절한 손 하나가 나를구해낸 지금, 나는 눈길 한 번 돌리지 않고 곧장 어머니의 품으로, 포근하고 안전하며 경건한 유년으로 돌아왔다. 나는 자신을 자신보다 더 어리게, 더 의존적으로, 더 어린애처럼 만들었다. 나는 크로머에 대한 예속을 새로운 의존으로 대치해야만 했다. 혼자는 갈 수없었기 때문이다. 그렇게 나는 눈이 먼 채, 부모님께 의존했고, 그것이 유일하지 않다는 것을 이미 알아챘지만 여전히 '밝은 세계'에의존하기로 했다. 그렇게 하지 않았더라면, 분명 나는 데미안 편이되어 그에게 모든 것을 털어놓았을 것이다. 내가 그렇게 하지 않은것은, 그의 수상쩍은 생각에 불신을 품었기 때문이다. 사실 그것은두려움 때문이었다. 데미안이 부모님보다 더 많은 것을, 훨씬 더 많은 것을, 나에게 요구했을 테니까. 그는 충동과 경고로, 조롱과 반어로 나를 자립적으로 만들려고 했을 테니까. 아, 지금은 알고 있다. 자기에게로 인도하는 길을 걷는 것보다 인간에게 거슬리는 것은 세상에 없다는 사실을!

반년쯤 뒤, 나는 그 유혹에 저항할 수 없어 산책하는 길에 아버지께 여쭈어보았다. 어떤 사람들은 카인이 아벨보다 더 훌륭하다는데 어떻게 생각하느냐고. 아버지는 몹시 놀라며 그건 전혀 새로울 게 없는 견해라고 설명하셨다. 그런 견해는 심지어 기독교 이전 시대에도 등장했고 사이비 종파 사이에서도 전수되었는데, 그 하나는 스스로를 '카인교도'라고 불렀다고. 이 미친 학설은 물론 우리의 신앙을 깨뜨리려는 악마의 시험일 뿐이라고. 왜냐하면 카인이 옳고 아벨이 옳지 않다고 믿는다면 곧 신이 오류를 범했다는 논리다. 그러니까 성서의 신이 올바른 유일신이 아니라 틀린 신이라는 말이다. 실제로 카인교도들은 비슷한 것을 가르치고 설교하기도 했다. 그렇지만 이런 이교도들은 오래전에 인류로부터 사라졌다. 그래서 내 학교 친구가 그에 대해 들었다는 사실이 아버지는 놀랍다고 하셨다. 그래도 그런 생각은 버려야 한다고 아버지는 진지하게 경고했다.

3

십자가에 못 박힌 강도

　내 어린 시절에 대하여, 부모님 곁에서 누려 왔던 안정감에 대하여, 어린아이가 부드럽고 환한 환경 속에서 넉넉하게 즐기며 살아가는 것에 대하여 아름답고 사랑스러운 이야기를 들려줄 수도 있을 것이다. 그러나 내 인생에서 흥미를 끌었던 것은 나 자신에 이르기 위하여 내가 내디뎠던 걸음뿐이다. 아름다운 휴식의 지점들, 행복의 섬과 낙원의 마력을 모르지 않지만, 그 모든 것들을 먼 곳의 광채 속에 내버려두고자 한다. 그곳에 또다시 발을 디디고 싶은 욕심이 나지는 않는다.

　소년 시절, 어떤 새로운 일이 나에게 닥쳤는지, 무엇이 나를 앞으로 몰아갔는지, 나를 찢어냈는지에 대해서만 이야기할 뿐이다.

　이런 충격들은 늘 '다른 세계'로부터 왔고 늘 두려움과 강압과

양심의 가책을 수반했다. 그것은 늘 혁명적이었고 그대로 머물고 싶었던 평화를 위협했다.

허용된 밝은 세계에서는 숨겨야 하는 원시적 충동이 내 속에 자리 잡고 있음을 새롭게 발견한 시기가 찾아왔다. 누구에게나 그렇듯이, 천천히 눈뜨는 성에 대한 감정이 내게도 적이자 파괴자로, 금기로, 유혹과 죄악으로 들이닥쳤다. 나의 호기심이 찾은 것, 꿈과 기쁨과 두려움이 내게 가져다준 것, 사춘기의 큰 비밀, 그것은 내 유년의 평화를 둘러싼 행복과는 어울리지 않았다. 나는 보통의 사람들처럼 행동했다. 이제 더는 어린아이가 아닌 소년으로서 이중 생활을 꾸려갔다. 내 의식은 집안의 허용된 세계 속에 살았으며 어렴풋이 솟아오르는 새로운 세계는 부정했다. 동시에 나는 꿈, 충동, 은밀한 소망 속에서 살았다. 그 위에서 저 의식적 삶이 만드는 다리는 점점 더 불안해졌다. 내 속에서 유년의 세계가 붕괴되고 있었기 때문이다.

다른 부모들처럼 우리 부모님도 눈뜨는 생명의 충동을 모른 척했다. 그들은 다만 다함없는 세심한 배려를 기울여, 현실을 부인하며 점점 더 비현실적이고 위선적으로 변해가는 어린이의 세계 속에 좀 더 머물려는 나의 절망적인 시도들을 도와주었을 뿐이다. 부모라는 존재가 여기서 얼마나 도움이 되는지 모르겠으니 부모님을 비난하지는 않겠다. 자신을 다스리고, 내 길을 찾아내는 것은 나의 일이었던 것이다. 그런데 나는, 유복하게 자란 대부분의 사람들이 그렇듯이 내 일을 잘 해내지 못했다.

누구나 이런 어려움은 겪는다. 평범한 사람들에게 이것은 인생의 분기점이다. 자기 삶의 요구가 가장 혹심하게 주변 세계와 갈등에 빠지는 점, 앞을 향하는 길이 가장 혹독하게 투쟁으로 쟁취되어야 하는 점이다. 많은 사람들이 운명처럼 이 죽음과 새로운 탄생을 경험한다. 삶에서 오로지 한 번, 유년이 삭아가며 서서히 와해될 때, 우리의 사랑을 얻었던 모든 것이 우리를 떠나가려고 하고 갑자기 고독과 우주의 치명적인 추위에 우리가 에워싸여 있음을 느낄 때 경험하는 것이다. 아주 많은 사람들이 영원히 이 절벽에 매달려 있다. 돌이킬 수 없는 지나간 것에, 잃어버린 낙원의 꿈에, 모든 꿈 중에서 가장 나쁘고 가장 살인적인 그 꿈에 한평생 고통스럽게 집착하게 된다.

내 이야기로 되돌아가보자. 유년의 끝이 왔음을 알리던 느낌들, 꿈의 영상들은 이야깃거리가 될 만큼 중요하지 않다. 중요한 것은, '어두운 세계', '다른 세계'가 다시 거기 있었다는 것이다. 한때 프란츠 크로머였던 것이 이제는 내 자신 속에 박혀 있었다. 그럼으로써 '다른 세계'가 바깥에서부터도 나를 지배하는 힘을 다시 얻었다.

크로머 이야기가 있은 지 몇 년이 지났다. 극적이고 죄악에 찬 시절이 멀어지고 짧은 악몽처럼 흔적도 없이 사라졌던 때였다. 프란츠 크로머는 오래전부터 내 삶에서 사라져버려, 어쩌다 마주치는 일이 있어도 주의를 기울이지 않을 정도였다. 내 비극의 진짜 등장인물, 막스 데미안은 그때까지도 내 주변에서 완전히 사라지지는 않았다. 오히려 그는 눈에 보이게, 그러나 영향을 끼치지는 않으면서 오랫동안 가장자리에 서 있었다. 그러던 그가 비로소 다시 가까이 다가서면서 힘과 영향력을 발산했다.

그 시절의 데미안에 대해 내가 알고 있는 것들을 떠올려본다. 1년 남짓 그와 단 한 번도 이야기하지 않았던 것 같다. 내 쪽에서 그를 피했고 그도 재촉하지 않았다. 언젠가 우연히 마주쳤을 때, 그는 고개를 끄덕여주었다. 그다음에는 이따금씩, 그의 다정함 속에 냉소와 묘한 비난의 섬세한 울림이 섞여 있는 것 같았다. 어쩌면 내 상상이었을 수도 있다. 그와 함께 겪은 사건이며 당시 나에게 행사했던 그의 기이한 영향력은 둘 다 모두 잊은 듯했다.

그의 모습을 떠올려봤다. 그럼에도 그는 거기 있었고 내가 그의 존재에 주목했었음을 알겠다. 그가 학교에 가는 모습이 보인다. 혼자 아니면 키 큰 학생들 사이에 끼여 있는 모습이, 자신의 공기에 에워싸여 자기의 법칙 아래 살면서 낯설고 외롭고 고요하게 그들 사이를 별자리마냥 거닐고 있는 모습이 보인다. 아무도 그를 사랑하지 않았다. 아무도 그와 친하지 않았다. 오직 그의 어머니만 빼고는. 그런데 어머니와도 그는 어린아이가 아니라 성인처럼 교류하는 듯 보였다. 선생님들은 그를 되도록 가만히 내버려두었다. 그는 좋은 학생이었지만 누구의 마음에 들려고도 하지 않았다. 이따금 그가 어느 선생님에게 신랄한 도전이거나 비꼬는 듯한 말대꾸를 했다는 소문을 들었다.

두 눈을 감고 떠올려본다. 그의 모습이 보인다. 그게 어디였던 가? 그렇다. 다시 거기였다. 우리 집 앞 골목이었다. 그가 손에 수첩을 들고 서서 그림을 그리는 중이었다. 우리 집 현관문 위, 새가 있는 오래된 문장을 그리고 있었다. 나는 어느 창가에 서서, 커튼 뒤에 몸을 숨기고 그를 바라보았다. 문장을 향한 그의 서늘하고 환한 얼굴을 놀라움에 차서 바라보았다. 그것은 어른의 얼굴, 연구가 혹은 예술가의 얼굴, 뛰어나고 의지로 가득 찼으며, 환하고 서늘한, 뭘 아는 두 눈을 지닌 얼굴이었다.

또다시 그의 모습이 보인다. 어느 거리였다. 학교에서 돌아오는 길에 우리 모두는 쓰러진 말 한 마리를 에워싸고 서 있었다. 말은 농가에서 쓰는 수레 앞에서 그 끌채에 매인 채, 무언가를 찾는 듯 간신히 열린 콧구멍으로 숨을 헐떡거렸고 어딘가의 상처에서 피가 흐르고 있었다. 말의 옆구리 쪽의 하얀 먼지가 천천히 검붉은 피를 빨아들이고 있었다. 메스꺼워서 몸을 돌렸을 때 데미안의 얼굴을 보았다. 그는 앞으로 밀고 나와 있지 않았다. 편안하고 멋지게, 멀찍이 뒤쪽에 서 있었다.

그의 시선은 말의 머리 쪽에, 다시금 깊고 고요하고 광적이지만 차분한 주의력을 띠고 있었다. 나는 오래 그를 바라보았다. 분명하지는 않았지만 매우 독특한 것을 그때 느꼈다. 그가 소년의 얼굴이 아닌 어른의 얼굴을 가졌다는 것뿐만 아니라 더 많은 것을 보았다. 보았다고 혹은 감지했다고 믿었다. 남자의 얼굴만이 아니며 또 다른 무엇이라는 것을. 여자의 얼굴도 그 안에 들어 있는 듯했다. 특히 그 얼굴은 한순간 남자답거나 소년답지 않고, 나이 들었거나 어리지 않고, 왠지 수천 살은 된 듯, 왠지 시간을 초월한 듯, 우리와 다른 시대의 인장이 찍힌 듯 보였다. 짐승이 아니면 나무, 아니면 별들이 그렇게 보일 수 있었다.

지금 내가 성인이 되어 말하는 것을 그때는 몰랐고 정확하게 느끼지도 못했다. 다만 뭔가 비슷한 것을 느꼈을 뿐이다. 어쩌면 그는 미남이었을 것이고, 어쩌면 내 마음에 들었을 것이고, 어쩌면 거슬리기도 했을 것이다. 그것 또한 구분이 되지 않았다. 내가 보았던 것은 오직, 그가 우리와 달랐다는 사실, 그는 한 마리 짐승 같았다는 것, 아니면 유령, 아니면 어떤 형상 같았다는 것이다. 그때 그의 모습이 어땠었는지 모르겠지만 그는 달랐다. 우리와는 상상할 수 없을 만큼 달랐다.

더는 기억이 나지 않는다. 어쩌면 이만큼도 부분적으로는 나중의 인상에서 재구성해낸 것인지도 모르겠다.

더 나이가 들었을 때 그와 다시 가깝게 접촉하게 됐다. 데미안은 관습대로 교회에서 받는 견진성사를 또래들과 함께 받지 않았는데 그에 대한 소문들이 당장 꼬리를 물었다. 학교에서는 그가 사실은 유태인, 아니 이교도라고들 했다. 혹은 그가 어머니와 함께 무교거나 나쁜 소수 종파 소속이라고 했다. 그와 연관해서, 그가 어머니와 애인처럼 살고 있다는 의심도 받았던 것 같다. 추측컨대 일은 이랬다. 그는 지금껏 신앙과 무관하게 키워진 것 같았고 그것이 장래에 불이익을 초래할지도 모른다는 우려를 낳았던 것 같다. 어쨌든 그의 어머니는 또래보다 2년 늦게 견진성사를 받게 했고, 그는 몇 달간 견진성사 수업을 우리와 함께 했다.

한동안 나는 그와 완전히 거리를 두었다. 그에게 관여하고 싶지 않았다. 그는 많은 소문과 비밀에 에워싸여 있었고 무엇보다 거슬렸던 것은, 크로머 사건 이후 마음속에 남아 있던 의무감 때문이었다. 그 당시 나는 자신의 비밀들에 열중하고 있었다. 하필 견진성사 수업과 성 문제에 결정적으로 눈을 뜬 시기가 일치했다. 선의에도 불구하고 경건한 가르침에 관심을 갖기가 힘든 상태였다. 신부님의 말씀은 나로부터 멀리 떨어져 고요하고 성스러운 비현실 속에 놓여 있었다. 아름답고 가치 있는 말이지만 결코 현실적이거나 자극적이지 않았음에 반해 성에 눈을 뜨는 일은 극도로 자극적인 눈앞의 현실이었다.

　이러한 상태가 수업에 무관심하게 하면 할수록, 그만큼 더 나의 관심은 막스 데미안에게 다가갔다. 무언가가 우리를 묶어주는 것 같았다. 이 끈을 나는 되도록 정확하게 따라가야겠다. 그것은 어느 이른 아침 수업시간에 시작되었는데 아직 교실에 등불이 켜져 있을 때였다. 종교 담당 선생님이 카인과 아벨의 이야기를 꺼냈다. 나는 졸려서 신부님의 이야기에 주목할 수가 없었다. 그때 신부님이 목소리를 높여 강도 높게 카인의 표시에 대해 설명하기 시작했다. 그 순간 나는 뭔가 와 닿은 듯한, 혹은 경고를 받은 듯한 느낌이 들었다. 시선을 드는데, 줄지어 놓인 앞쪽 책상으로부터 데미안의 얼굴이 나를 향해 뒤로 돌려져 있는 것이 보였다. 조롱일 수도 진지함일 수도 있는 환하고, 뭔가 말하는 듯한 눈으로. 그는 한순간 나를 바라보았다. 갑자기 나는 한껏 긴장해서 신부님의 말씀에 귀 기울였다. 카인과 그 표시에 대한 이야기를 들으며, 마음 깊은 곳에서 한 가지 깨달음이 감지되었다. 그건 신부님이 가르치는 것과 같지 않다, 그건 달리 볼 수도 있다, 그에 비판을 가할 수 있다는 깨달음이었다.

그 1분 동안 데미안과 나 사이는 다시 결합되었다. 특이하게도 영혼이 서로 소속되어 있다고 느끼자마자 그 느낌이 마술처럼 공간으로 옮겨가는지도 나는 보았다. 그가 그럴 수 있었는지 아니면 우연이었는지 모르겠지만 당시에는 확고하게 우연을 믿었다. 며칠 지나지 않아 데미안이 종교 시간에 자리를 바꾸어 바로 내 앞에 앉았다. (학생들로 가득 찬 교실의 가련한 구빈원 같은 공기 속에서 아침마다 그의 목덜미에서 풍겨나는 부드럽고 신선한 비누의 향기를 얼마나 좋아했는지 모른다!) 며칠 뒤 그가 다시 자리를 바꾸어 내 곁에 앉았는데, 겨울 내내 그리고 봄날이 다 가도록 그 자리에 그대로 앉아 있었다.

아침 수업시간은 완전히 변했다. 이제는 졸립거나 지루하지 않았다. 그 시간이 올 생각을 하면 미리부터 즐거웠다. 이따금 우리 둘은 집중해서 신부님 말씀에 귀를 기울였다. 묘한 이야기, 이상한 격언을 나에게 시사해주는 데는 내 짝의 눈길 하나면 충분했다. 마음속의 비판이나 회의감을 일깨우기 위해 나를 경고하는 데는 그의 다른 시선 하나, 아주 단호한 눈길 하나면 충분했다.

우리는 자주 나쁜 학생이 되어서 수업을 전혀 듣지 않았다. 데미안은 선생님들과 동급생에 대해 늘 공손했으며 한 번도 남자 아이들 특유의 못된 짓을 하는 걸 보지 못했다. 크게 웃거나 떠드는 소리를 듣지 못했다. 선생님의 비난을 받지도 않았다. 나직한 귓속말들보다는 오히려 신호와 시선으로 그는, 나로 하여금 그가 열중하는 일들에 관심을 갖게 할 줄 알았다. 그 일들은 간혹 묘한 성격의 것들이었다.

예를 들면 그는 내게, 학생들 중 누가 자기한테 관심이 있는지, 어떤 식으로 자기가 그들을 연구하고 있는지를 말해주었다. 어떤 애들은 그가 아주 정확하게 알고 있었다. 성경 구절의 독송이 시작되기 전에 그가 말했다. "너에게 엄지손가락으로 신호를 해보이면, 저애가 우리 쪽을 돌아보거나 목덜미를 긁을 거야." 등등.

수업 중에, 좀 전에 들은 말은 생각지도 않고 있을 때 막스는 갑자기 눈에 띄게 엄지손가락을 돌렸다. 나는 얼른 그가 가리킨 학생을 지켜보았다. 그가 가리킨 아이가 번번이, 철사 줄에 매여 당겨지기라도 한 듯, 요구받은 몸짓을 하는 걸 보았다. 선생님한테도 한번 시험해보라고 나는 막스를 졸랐다. 그렇지만 그건 하려 하지 않았다. 한번은 내가 수업에 들어가며 그에게, 오늘은 예습을 해오지 않아, 신부님이 나한테 아무것도 안 물으셨으면 정말 좋겠다고 말했는데, 그가 나를 도와주었다. 신부님은 교리문답의 한 단락을 말하게 할 학생을 찾고 있었는데, 신부님의 떠돌던 시선이 죄의식에 찬 내 얼굴에 멈추었다. 신부님이 천천히 다가와, 나를 향해 손가락을 뻗치고, 내 이름이 벌써 그 입술에 올랐나 싶었을 때, 갑자기 신부님이 (산만 혹은 불안정해지더니) 옷깃을 당기며, 자신의 얼굴을 똑바로 응시하고 있는 데미안에게로 가서 그에게 뭔가를 물으려는 듯했다. 그러다가 놀라서 다시 그 자리를 떠나며 한동안 기침을 했고 다른 학생을 시켰다.

이 장난이 나를 몹시 흥겹게 하는 동안 내 친구가 내게도 여러 번 똑같은 장난을 했다는 것을 나는 서서히 알아차렸다. 학교 길에서 갑자기 데미안이 한 구간을 내 뒤에서 오고 있다는 느낌을 받았다. 그래서 몸을 돌리면 바로 그가 거기 있곤 했다.

"도대체 어떻게 다른 사람이 너의 뜻대로 생각하게 만드는 거야?" 하고 내가 물었다.

그는 침착하게 사실대로, 특유의 어른다운 태도로 알려주었다.

"아니야." 그가 말했다.

"그렇게 할 수는 없어. 신부님이 아무리 그렇다고 말씀하셔도 자유의지란 없어. 다른 사람 쪽에서 내가 원하는 생각을 할 수도 없거니와 내 쪽에서 원하는 것을 그가 생각하게 만들 수도 없어. 그렇지만 누군가를 잘 관찰할 수는 있지. 그가 다음 순간에 뭘 할지 말이야. 그건 아주 간단해. 사람들이 그걸 모를 뿐이야. 물론 연습이 필요하지. 예를 들면 나비 종류 중에 어떤 나방들은 암놈이 수놈보다 훨씬 적어. 나비란 다른 모든 동물과 똑같이 번식해, 수컷이 암컷을 수태시키고, 그러면 암컷이 알을 낳지.

그런데 연구자들이 자주 시험해본 바로는, 이 나방 암컷이 하나 있으면 밤에 수나방들이 날아오는데, 그것도 여러 시간 떨어진 곳에서 오는 거야, 여러 시간 떨어진 곳에서! 생각해봐! 몇 킬로미터 밖에서부터 이 모든 수컷들은 그 지역에 있는 단 하나의 암컷을 감지하고 날아오는 거야! 그것을 설명하려고 하지, 그건 어려워. 그건 일종의 후각이거나 아니면 감각일 거야. 이를테면 좋은 사냥개가 눈에 보이지 않는 짐승 자취를 따라가는 것처럼 말이야. 이해하겠지? 그건 그런 일들이야, 자연은 그런 일로 가득 찼고, 아무도 그걸 밝힐 수 없어. 이런 말은 할 수 있겠지. 이 암컷 나방이 수컷처럼 흔했더라면, 수컷들의 코는 그렇게 예민해지지 못했을 기라고 말이야. 수컷들에게 그런 예민한 코가 있는 것은 다만, 스스로를 그렇게 조련시켰기 때문인 거야. 짐승이나 사람이 자신의 모든 주의력과 의지를 특정한 일로 향하게 하면, 그는 그것에 도달하기도 하지. 그게 전부야. 네가 알고 싶었던 비결도 정확하게 그래. 어떤 사람을 충분히 자세히 바라봐. 그에 대해서 그 자신보다 네가 더 잘 알게 돼."

하마터면 '독심술'이라는 단어를 입 밖에 내서 오래전 크로머와의 장면을 그에게 떠올리게 할 뻔했다. 그것은 우리 둘 사이에 있는 이상한 일 가운데 하나기도 했다. 결코, 그나 나나, 몇 년 전 그가 심각하게 내 인생에 개입했던 그 일을 암시하는 일조차 없었다. 마치 그전에는 우리 사이에 아무 일도 없었던 듯했다. 아니면 서로 상대방은 그걸 잊었다고 굳게 믿고 있는 듯했다. 한 번 혹은 두 번, 심지어 함께 길을 가다가 프란츠 크로머를 마주친 일도 있었다. 그러나 우리는 눈길 한 번 주고받지 않았고 그에 대해 한마디도 하지 않았다.

내가 물었다.

"하지만 의지는 어떻게 되는 거지? 자유의지란 없다고 말했잖아. 그런데 다시, 오직 자기 의지만 확고하게 그 무엇에 쏟으면 된다고? 그러면 자기 목표에 도달할 수 있다고? 그건 말이 맞지 않잖아! 내가 내 의지의 주인이 아니라면, 의지를 마음대로 이런저런 데로 향하게 할 수도 없는 것 아냐."

그가 내 어깨를 툭툭 쳤다. 그건 내가 그를 기쁘게 할 때마다 하는 행동이었다.

"네가 그걸 묻다니 훌륭해!" 하고 그가 웃으며 말했다.

"언제나 물어야 해, 언제나 의심해야 하구. 사실은 아주 간단해. 예를 들면 그런 나방이 자신의 뜻을 별이나 뭐 비슷한 곳까지 향하게 하려 했다면, 그건 이룰 수 없는 일이겠지. 다만 나방은 그런 시도는 안 해. 나방은 자기에게 뜻과 가치가 있는 것, 자기가 필요로 하는 것, 자기가 꼭 가져야만 하는 것만 찾는 거야. 그렇기 때문에 믿을 수 없는 일도 이루어지는 거지. 그는 자기 외에 다른 동물은 갖지 못한 마법의 육감을 개발하는 거야!

우리 같은 사람은 동물보다 활동의 여지가 더 많고 관심도 더 크겠지. 그러나 우리도 사실은 좁은 테두리에 매여 있어서 그걸 벗어날 수 없어. 상상 같은 건 해볼 수 있겠지. 이런저런 상상의 날개를 펴서 북극에 가고 싶다든지 혹은 그런 무엇을. 그걸 수행하거나 충분히 강하게 원할 수 있는 건 오로지, 소망이 내 마음속에 온전히 들어 있을 때, 정말로 내 본질이 완전히 그것으로 채워져 있을 때뿐이야. 그럼 내면으로부터 너에게 명령하는 뭔가를 해보기만 하면, 좋은 말에 마구를 매듯 네 의지를 팽팽하게 펼칠 수 있어.

예를 들어, 우리 신부님이 안경을 안 쓰시도록 힘써 봐야겠다고 한다면 그건 안 될 일이야. 그건 그냥 장난이지. 그러나 내가, 그때 가을처럼, 저 앞에 있는 내 의자에서 자리를 바꿔야 되겠다는 확고한 의지를 갖게 되면, 그럴 때는 아주 잘되지. 그때 알파벳순으로 보아 내 앞에 앉아야 되는데 지금껏 아파서 등교하지 못해 자리가 없던 아이가 갑자기 나타났어. 누군가가 그에게 자리를 내줘야 했을 때 내가 그렇게 했지. 내 의지가 준비되어 있었기 때문에, 주시

기회를 포착한 거야."

"그래." 내가 말했다. "그때 그 일도 아주 특이했어. 서로 관심을 가졌던 순간부터 너는 내 자리에 점점 더 가깝게 다가왔어. 그런데 그건 어떻게 된 거지? 처음에 바로 내 옆에 앉지는 않았어. 몇 번 내 앞쪽에 앉았었잖아, 안 그래? 어떻게 그렇게 됐지?"

"그건 그랬어. 처음 자리를 떠났으면 했을 때 난 어디로 가고 싶은지 제대로 몰랐어. 내가 의식한 건 멀리 뒤쪽에 앉고 싶다는 것뿐이었지. 너에게 가는 게 내 뜻이었는데, 그때만 해도 스스로 인식하지 못한 거야. 동시에 너의 의지가 나를 도와 함께 끌어준 거야. 그러다 내가 거기 네 앞자리에 앉았을 때에야 비로소 내 소망의 절반이 이루어졌다는 걸 알았지. 나는 알아차렸어. 내가 원래 원했던 건 바로 네 옆에 앉는 것이었다는 걸."

"하지만 그때는 새로운 애도 들어오지 않았는데."

"안 들어왔지. 그땐 그냥 내가 원하는 것을 해버렸어. 재빨리 네 곁에 앉아버린 거지. 나하고 자리를 바꾼 아이는 조금 의아해했지만 그러라고 그랬어. 그리고 변화가 일어났다는 것을 신부님이 한번 알아차리기는 하셨는데, 아무튼 번번이, 신부님이 나하고 관계되실 때면 무언가가 신부님을 괴롭히는 거야. 이름이 D자로 시작하는 내가 S자로 이름이 시작하는 아이들 가운데 앉아 있다는 게 맞지 않다는 걸 아시거든! 그러나 그 사실이 의식 속으로까지 뚫고 들어가지 않는 거야. 내 의지가 거기에 맞서기 때문이고 내가 거듭거듭 그 점에서 그분께 장애가 되니까. 거기 이상하다는 걸 알아차리기는 하지. 그래서 나를 바라보고 연구를 시작하시는 거야. 그 선하신 분이. 그땐 또 단순한 방법이 있지. 매번 아주, 아주 똑바로 그분의 눈을 들여다보는 거야. 그럼 거의 모든 사람들이 못 견디지. 다들 불안해져. 만약 네가 누군가로부터 뭘 얻으려고 똑바로 그의 눈을 쏘아보는데도 그가 전혀 불안해하지 않거든 포기해! 그런 사람에게서는 아무것도 이룰 수 없어, 결코! 하지만 그런 일은 정말 드물어. 내가 아는 사람 중에 그렇게 해도 영 소용이 없는 사람은 단 한 명뿐이었어."

"그게 누군데?" 내가 얼른 물었다.

약간 가느스름히 뜬 눈으로 그는 나를 바라보았다. 생각에 잠기면 그런 눈이 되었다. 그는 눈길을 딴 데로 돌리고 대답하지 않았다. 몹시 궁금했지만 질문을 되풀이할 수는 없었다.

그때 그는 자기 어머니를 생각하는 것 같았다. 어머니와 몹시 친하게 지내는 것 같았지만, 나에게 한 번도 어머니 이야기를 하지 않았고, 나를 한 번도 집에 데리고 간 적이 없었다. 그의 어머니가 어떻게 생겼는지조차 나는 몰랐다.

이따금씩 나도 그 시험을 해보았다. 그와 똑같이 내 의지를 무언가에, 그것에 틀림없이 도달하도록 한데 모아 보았다. 충분히 절실해 보이는 소망이 있었기 때문이다. 그러나 내 의지는 모아지질 않았다. 데미안과 그 이야기를 해볼 용기는 나지 않았다. 내가 소망하는 것을 그에게 고백할 수 없었던 것 같다. 그도 묻지 않았다.

종교 문제에서 나의 신앙은 그사이 많은 빈틈을 갖게 되었다. 전적으로 데미안의 영향을 받은 내 생각은, 완전한 분신을 굳이 내보이는 동급생들의 생각과는 확연히 달랐다. 그런 불신 학생들은 이 따금씩, 어떤 신을 믿는다는 건 우스꽝스럽고 인간으로서 품위가 없는 일이라느니, 삼위일체나 예수의 동정녀 탄생 같은 이야기들은 그저 웃기는 일이라느니, 오늘날까지 그런 잡동사니를 가지고 다니는 행상이 있다는 것은 수치라느니 하는 말을 했다.

나는 결코 그렇게 생각하지 않았다. 때로 의심을 가지면서도, 유년의 체험에서 나는 경건한 부모님의 삶의 현실에 대해 잘 알고 있었다. 경건한 삶이란 품위 없는 것도 허위도 아니었다. 오히려 종교적인 것에 대해서는 예나 지금이나 깊은 경외심을 가지고 있다. 다만 데미안은 나로 하여금, 성서 설화들과 교리들을 보다 자유롭게, 개인적으로, 환상에 차서 바라보고 풀이해내는 데 익숙하게 해주었다. 나는 그가 나에게 친근하게 해준 풀이들을 늘 기꺼이 즐기며 따랐다. 물론 많은 것이 나에게는 너무 갑작스러웠다.

카인에 대한 일도 그랬다. 한번은 견진성사 수업 중에 그가 훨씬 더 대담한 견해로 나를 놀라게 했다. 선생님께서 골고다 언덕 이야기를 막 끝낸 참이었다. 구세주의 고난과 죽음에 대한 성서의 보고가 어린 시절부터 내게 깊은 인상을 남겼다. 소년이었을 적 수난 금요일 같은 때, 아버지가 예수 수난사를 낭독하시고 나면 나는 감동을 받아 이 비통하게 아름답고, 창백하고, 섬뜩하지만 무시무시하게 생명력 있는 세계 속에서 살았다. 겟세마네 동산에서 그리고 골고다 언덕에서 살았었다.

그리고 바흐의 마태수난곡을 들을 때면 비밀에 찬 이 세계가 지닌 음울하면서도 힘 있는 열정의 광채가 신비로운 전율로 나를 뒤덮었다. 나는 오늘날도 이 음악과 '비극적 행위(Actus tragicus)' 속에서 시와 예술적 표현의 정수를 발견한다.

수업시간의 끝에 데미안이 생각에 잠겨 내게 말했다.

"저기엔 뭔가가 있어, 싱클레어, 내 마음에 안 드는 것이. 이 이야기를 한번 따라 읽어봐. 그리고 한마디씩 음미해봐. 맥 빠진 맛이 나는 게 있어. 예수와 함께 십자가에 매달린 두 강도 이야기 말이야. 언덕 위에 십자가 셋이 나란히 서 있는 모습은 굉장하지! 하지만 우직한 강도들에 대한 감상적인 선교 전단용 이야기 같아! 강도들은 수치스러운 짓을 저지른 범죄자였어. 신은 모든 것을 알고 있지. 그런데 막판에 와서 마음이 누그러져 그런 개심과 회개의 징징거리는 축제를 치르는 거야! 무덤에서 두 발자국 떨어진 곳에서 하는 그런 회개가 (너에게 묻겠는데) 무슨 의미가 있다고 생각해? 그건 엉터리 신부님의 설교일 뿐 아무것도 아니야. 달착지근하고 부정직하고, 지극히 교화적인 배경에다 측은지심의 엿기름을 곁들인 거지.

네가 그 강도들 중 하나를 친구로 택해야 한다면, 혹은 둘 중 누구에게 더 신뢰를 줄지 생각해야 한다면, 분명히 이 징징거리는 개종자 쪽은 아닐 거야. 다른 쪽이야. 회개하지 않은 강도야말로 사나이잖아, 줏대도 있고 말이야. 그는 개종 따위를 우습게 알았어. 그런 건 그의 처지에서는 그저 듣기 좋은 말이겠지. 그는 자신의 길을 끝까지 갔어. 그리고 거기까지 가도록 도와준 악마로부터 마지막 순간에 비겁하게 도망가지는 않았어. 그는 당당하게 줏대를 지켰지만 성경에서는 줏대를 가진 사람들이 거주 손해를 보지. 어쩌면 그도 카인의 후예일 거야. 그렇게 생각하지 않니?"

나는 몹시 당황했다. 두 강도 이야기는 내 집처럼 편안히 확신해도 된다고 믿었는데 비로소 얼마나 상상력과 환상 없이 내가 그것들을 듣고 읽었는지 알았다. 데미안의 새로운 생각은 내게 숙명적으로 들렸고 그 존속을 고수해야 한다고 믿었던 내 안의 개념들을 전복시키려고 위협했다. 아니다. 그렇게 아무나, 지고의 성인까지도 함부로 다룰 수는 없었다.

언제나 그렇듯이 내가 말하기도 전에 그는 나의 저항을 즉시 알아차렸다.

"나도 이미 알고 있어." 그가 체념해서 말했다. "그건 오래된 이야기지. 심각할 거 없어! 하지만 네게 말하고 싶었어. 여기에, 이 종교의 흠을 똑똑히 볼 수 있는 점 하나가 있는 거야. 중요한 건, 온전한 유일신, 오래되고 새로운 약속의 신이 탁월한 분위기는 있지만 원래 그가 표상하는 그런 신은 아니라는 점이야. 그는 선, 고귀함, 아버지다움, 아름답고도 드높은 것, 감상적인 것이지. 옳아!

그러나 세계는 다른 것으로도 이루어져 있어. 다만 다른 건 죄다 악마한테 미뤄지는 거야. 세계의 다른 부분이 통째로, 그 절반이 통째로 숨겨지고 묵살되는 거야. 바로 사람들이 신을 모든 생명의 아버지라고 기리면서도, 생명이 근거하는 성생활은 묵살해버리고 악마의 일이나 죄악이라고 선언하는 거야! 이런 신을 여호와라고 존경하는 것에 대해서는 반대하지 않아. 전혀. 하지만 우린 모든 것을 존경하고 성스럽게 간직해야 한다고 생각해. 인위적으로 분리시킨 공식적인 절반뿐만 아니라 세계 전체를 말이야! 그러니까 우리는 신에 대한 예배와 더불어 악마 예배도 가져야 해. 그게 올바른 일인 것 같아. 혹은 예배를 하나 더 만들어내야 할 것 같아. 악마도 그 안에 포함하고, 지극히 자연스러운 세상일들이 일어날 때 그 앞에서는 눈을 감지 않아도 되는 신을 위해서 말이야."

그는 평소답지 않게 제법 격해졌다. 곧이어 다시 미소를 띠었고 더 이상 나에게 강요하지 않았다.

그의 말은, 매순간 내 안에 지니고 다녔지만 누구에게도 말 한마디 하지 않았던 소년 시절 전체의 수수께끼에 적중했다. 데미안이 신과 악마에 대하여 신적이고 공식적인 것과 묵살된 악마적 세계에 대해 말했던 것, 그것은 바로 내 자신의 생각, 내 자신의 신화, 두 세계 혹은 세계의 절반—밝은 세계와 어두운 세계에 대한 생각이었다. 갑자기 모든 인간의 문제, 모든 삶과 생각의 문제라는 통찰이 신성한 그림자처럼 나를 뒤덮었다. 가장 나다운 개인적인 삶과 생각이 얼마나 깊고 거대한 사유의 영원한 흐름과 관련되었는지를 느끼게 되자 두려움과 경외심이 나를 압도했다. 그 통찰은 즐겁지 않았다. 확인해주고 행복하게 해주는 것이었는데도 왠지 즐겁진 않았다. 그 통찰은 가혹했고 맛이 떫었다. 그 안에는 일말의 책임의식이, 이제는 어린애일 수 없다는, 홀로 서 있다는 울림이 들어 있었기 때문이다.

처음으로 그 깊은 비밀을 드러내면서 나는 내 친구에게 어린 시절부터 느껴왔던 '두 세계'에 대한 견해를 들려주었다. 그러고는 나의 가장 깊은 느낌이 그의 말에 옳다고 동의한 것을 알았다. 그렇지만 뭐가를 그렇게 남김없이 이용하는 건 그이 방식이 아니었다. 그는 어느 때보다 더 깊은 주의력으로 내게 귀 기울이며 내 눈을 들여다보았다. 마침내 시선을 돌려야만 했다. 그의 시선 속에서 다시 그 이상한, 동물적인 시간 초월성, 가늠할 수 없는 아득한 나이를 보았기 때문이다.

"그 얘긴 우리 다음에 더 하자." 그가 배려해주듯 말했다. "네가 누구에게 말할 수 있는 것보다 더 많이 생각한다는 걸 알았어. 그렇다면 넌 네가 생각했던 걸 완전히 다 체험하지 못했다는 것도 알고 있는 거야. 그건 좋지 않아. 생각이란, 우리가 그걸 따라 그대로 사는 생각만이 가치가 있어. 너의 '허용된 세계'는 세계의 절반에 불과하다는 것을 넌 알았어. 그리고 두 번째 절반을 감추려고 했어. 신부님들과 선생님들이 그렇듯이, 넌 그걸 감추지 못할 거야! 누구도 안 돼. 일단 생각하기를 시작하고 나면 말이야."

그 말은 내게 깊이 와 닿았다.

"하지만⋯⋯" 내가 소리치다시피 말했다. "하지만 실제로 금지된 추한 일들이 있어, 그건 너도 부인하지 못할 거야! 그런 금기들은 포기해야만 해. 살인과 별별 악들이 존재한다는 건 알고 있어. 그것이 존재한다는 이유만으로, 나더러 가서 범죄자가 되라는 거야?"

"우리가 오늘 이 이야기를 다 끝낼 수는 없겠다." 막스가 나를 가라앉혔다. "너더러 누굴 쳐 죽이라든지 소녀를 강간 살인하라는 게 아니야, 아니지. 하지만 '허용되었다', '금지되었다'라는 것이 뭔지 통찰할 수 있는 곳에 넌 아직 가보지 못했어. 비로소 하나의 진실을 느낀 것뿐이야. 다른 것이 또 올 거야. 그것에 자신을 믿고 내맡겨 봐! 예를 들면, 넌 지금 1년 전쯤부터, 네 속에서 다른 모든 충동보다 강한 어떤 충동을 느끼고 있을 거야. 그런데 그건 '금지된' 것으로 간주되지. 그리스도인들이나 다른 많은 민족들은 반대로 이 충동을 신성한 것으로 여기고 큰 축제를 벌이며 그것을 기렸어.

'금지되었다'는 것은 그러니까 영원한 게 아니야. 바뀔 수 있는 거야. 누구든 어떤 여인과 함께 신부님 앞에서 결혼하고 나면, 동침해도 돼. 다른 민족들에게서는 달라, 오늘날도 말이야. 그러니까 누구나 스스로 찾아내야 해. 무엇이 허용되고 무엇이 금지되어 있는지—자기에게 금지되어 있는지, 금지된 건 결코 할 수 없어. 금지된 것을 하면 악당이 되겠지. 거꾸로 악당이라야 금지된 일을 할 수 있기도 하고 말이야. 사실 그것은 그냥 편안함의 문제거든! 지나치게 편안해서 스스로 생각하고 스스로 자기의 판결자가 되지 못하는 사람은 금지된 것 속으로 그냥 순응해 들어가지. 늘 그렇듯이 그런 사람은 살기가 쉬워. 다른 사람들은 운명을 자기 속에서 스스로 느끼지. 그들에게는 날마다 하는 일들이 금지되어 있어. 그러나 다른 곳에서는 폄하되는 일들도 허용되지. 그러니 누구나 자기 자신 편에 서야 해."

너무 말을 많이 했다고 후회하는 듯 말을 뚝 끊었다. 그가 어떤 느낌이었는지 어느 정도 이해할 수 있었다. 편안하고 언뜻 경솔하게 떠오른 생각들을 말했지만, 언젠가 말했듯, '오로지 말을 늘어놓기 위한' 대화를 그는 결코 견디지 못했다. 그는 나에게는 순수한 관심 외에도 장난기와 재치 있는 잡담에 희열을 느끼는 기분, 간단히 말해서 진지함이 결핍되어 있다고 느끼고 있었던 것이다.

방금 내가 써놓은 '완벽한 진지함'을 다시 읽어 보니 갑자기 다른 장면 하나가 떠오른다. 내가 아직 절반은 어린아이였던 시절에 데미안과 겪은 가장 강렬한 장면이다.

우리의 견진성사가 다가오고 있었다. 종교 수업의 마지막 시간에 최후의 만찬에 대해서 배우게 되었다. 신부님께서 그 사건에 무척 신경을 쓰셨기 때문에 수업시간에는 신성함과 감동의 분위기를 느낄 수 있었다. 그러다가 마지막 교리수업 몇 시간 동안 내 생각은 다른 것에 묶여 버렸다. 그것도 내 친구라는 인물에. 교회 공동체 안으로 장엄하게 받아들여지는 의미를 가진 견진성사가 다가오는 것을 보면서 내게는 대략 반년간의 교리수업의 가치가 교실에서 배운 것보다는 데미안의 곁에서 그 영향을 받은 것에 있다는 생각을 물리칠 수 없었다. 이제 나는 교회가 아니라 전혀 다른 무엇, 즉 사상과 개성의 결사대에 가입할 준비가 되어 있었다. 그 결사대는 지상에 존재하고 있음이 틀림없었으며 나는 내 친구를 그 대변자나 사자라고 느끼고 있었다.

나는 이 생각을 밀쳐놓으려고도 했다. 일단 견진성사 잔치를 품위 있게 경험하리라고 엄숙하게 생각했던 것이다. 그 품위는 나의 새로운 생각들과는 별로 화합되지 않는 것 같았다. 그렇지만 나는 내가 원하는 것을 하고 싶었다. 나름의 생각이 있었고, 그 생각이 서서히 다가온 교회 축제에 대한 생각과 연결되어, 이 잔치를 다른 사람들과는 다르게 치를 준비가 되어 있었다. 내게는 그 잔치가 데미안에게서 알게 된 사고의 세계로 입문하겠다는 의미를 띠어야 했다.

그 무렵이었다. 교리문답 수업 전, 우리는 다시 한 번 활발한 논

쟁을 벌였다. 내 친구는 단추라도 채워진 듯 노숙하고 점잔 빼는 내 이야기를 반기지 않았다.

"우리, 이야기를 너무 많이 한다." 그가 서먹할 만큼 진지하게 말했다. "똑똑한 이야기를 늘어놓는 건 아무 가치가 없어. 자기로부터 떠나는 건 죄악이지. 자기 안으로 완전히 기어들 수 있어야 해, 거북이처럼."

그 직후 우리는 넓은 교실로 들어갔다. 수업이 시작됐다. 나는 주목하려고 애썼고, 데미안은 그러는 나를 방해하지 않았다. 한참 뒤에 그가 앉아 있는 데서부터 뭔가 이상한 느낌이 왔다. 보이지 않게 비어 버린 듯 일종의 공허 혹은 서늘함 비슷한 무엇이 느껴졌다. 그 느낌이 조여들기 시작했을 때 나는 옆을 보았다.

거기 내 친구가 앉아 있는 것을 보았다. 여느 때처럼 꼿꼿하게 바른 태도로. 그럼에도 그는 여느 때와 사뭇 달랐다. 내가 알지 못하는 무언가가 그에게서 나왔고 무언가가 그를 에워싸고 있었다. 나는 그가 눈을 감았다고 생각했는데 사실 그는 눈을 뜨고 있었다. 하지만 아무것도 바라보지 않았다. 보는 것이 아니라 아예 굳어져 있었고 내면을 향해 혹은 아주 먼 곳을 향해 있었다. 전혀 꼼짝달싹도 않고 그는 거기 앉아 있었다. 숨도 쉬지 않는 것처럼 보였으며 그의 입은 나무나 돌로 깎아 놓은 것 같았다. 얼굴은 핏기가 없었고 돌처럼 고르게 창백했다. 갈색 머리카락만 살아 있는 것 같았다. 두 손은 물건처럼 돌이나 열매들처럼 창백하고 고요하게 그의 긴 의자 위에 놓여 있었다. 맥없이 늘어지진 않았고 숨겨진 강한 삶을 에 위끼고 있는 단단하고 훌륭한 껍질 같았다.

그 광경이 나를 떨게 했다. 그가 죽었다! 고 나는 생각했다. 크게 소리 내어 말할 뻔했다. 그러나 그가 죽지 않았다는 걸 알고 있었다. 나는 마법에 걸린 시선을 그의 얼굴에서, 핏기 없고, 돌 같은 가면에서 떼지 못했다. 그리고 나는 느꼈다. 저게 이전에 데미안이었다! 고. 나와 함께 걷고 이야기했던 여느 때의 반쪽짜리 데미안이었다. 이따금씩 한 역할을 연기하는, 내키면 함께하는 사람이었다. 그러나 진짜 데미안은 저런 모습이었다. 지금 이 사람 같은, 태고처럼 늙은 동물 같은, 돌 같은, 아름답고 찬, 죽었는데 전대미문의 생명으로 가득 차 있는 모습이었다. 그의 주위를 둘러싼 이 고요한 공허, 영기와 별들의 공간, 이 고독한 죽음!

그가 완전히 자신 속으로 들어가버렸음을 나는 느꼈다. 나는 한번도 저토록 고독해진 적이 없었다. 나는 그와 아무런 관계도 없다. 나에게 그는 도달할 수 없는 사람이었다. 나에게는 그가 세상의 가장 먼 섬에 있는 것보다 더 멀리 있었다.

나 말고는 아무도 그 광경을 보지 못한 것을 이해할 수 없었다! 모두가 보아야만 했다. 모두가 전율을 느껴야만 했다. 아무도 그를 주의하지 않았다. 그가 그림처럼, 우상처럼 빳빳하게 앉아 있다고 생각할 수밖에 없었다. 파리 한 마리가 그의 이마에 내려앉아 천천히 코와 입술 위를 기어갔다. 그는 주름살 하나 움찔하지 않았다.

어디에, 그는 지금 어디에 가 있단 말인가? 무엇을 생각하고 있는가, 무엇을 느끼고 있는가? 그는 천국에 있는가, 지옥에 있는가. 그걸 그에게 물어볼 수는 없었다. 수업시간 끝에, 그가 다시 살아나 숨 쉬는 것을 보았을 때, 그와 나의 시선이 맞닥뜨렸을 때 그는 전과 다름없었다. 그는 어디에서 왔을까? 어디를 다녀왔을까? 그는 피곤해 보였다. 얼굴은 다시 혈색을 되찾았고, 두 손은 다시 움직였지만 갈색 머리카락은 광채가 없었다.

그다음 며칠 동안 나는 방에서 새로운 연습에 들어갔다. 깎아지른 듯 몸을 곧추세우고 의자에 앉았다. 눈은 감지 않았다. 꼼짝하지 않고 기다렸다. 얼마나 오래 그것을 견뎌내며 그러면서 무엇을 느낄지를. 그렇지만 그저 피곤해지고 눈꺼풀에 심한 경련이 일었을 뿐이다. 그 뒤 곧 견진성사가 있었는데 그리 중요한 기억이 남아 있지 않다.

이제 모든 것이 달라졌다. 유년은 내 주변에서 폐허가 되었다. 부모님은 사뭇 당황해서 나를 바라보셨다. 누이들도 낯설어졌다. 각성이 익숙한 느낌과 기쁨들을 일그러뜨리고 퇴색시켰다. 정원은 향기가 없고 숲은 마음을 끌지 못했다. 세계는 낡은 물건들의 떨이판매처럼 서 있었다. 맥없고 매력 없이, 책들은 종이였고, 음악은 서걱거림이었다. 그렇게 어느 가을 나무 주위로 낙엽이 떨어진다. 나무는 그것을 느끼지 못한다. 비, 태양 혹은 서리가 나무를 흘러내린다. 나무속에서는 생명이 천천히 가장 좁은 곳, 가장 깊은 내면으로 되돌아간다. 나무는 죽은 게 아니다. 다만 기다리는 것이다.

방학이 지나면 처음으로 집을 떠나 다른 학교로 가기로 결정됐다. 어머니는 나를 다정하게 대하면서, 미리 작별을 하며 사랑과 향수 그리고 잊지 못할 추억들을 심어주려고 애쓰셨다. 데미안은 여행을 떠났다. 나는 혼자였다.

4

베아트리체

　내 친구를 다시 만나지 못한 채, 방학이 끝날 무렵에 나는 성 ○○ 시로 갔다. 부모님이 함께 와주셔서 세세하게 마음을 써주셨고, 김나지움(독일의 9년제 인문계 고등학교로 4년제 초등학교를 마친 후에 입학한다)의 한 선생이 지도하는 소년 기숙사에 나를 맡겨 두었다. 만약 부모님께서 나를 어떤 곳에 넣어두어 헤매게 만들었는지 아셨다면 놀라서 기겁했을 것이다.

　시간이 가면서 내가 좋은 아들과 쓸모 있는 시민이 될지, 아니면 나의 천성이 다른 길로 나아갈지는 여전히 의문이었다. 부모님의 그늘 속에서 행복하려고 했던 나의 마지막 시도는 오래 걸렸고, 가끔 성공하는 듯했지만 결국 실패로 끝났다.

　견진성사를 마친 후 방학 동안에 내가 처음으로 느꼈던 묘한 공허와 고립감(이후에도 이런 감정을 얼마나 절실하게 느끼곤 했던가. 이 공허, 이 엷은 공기를!)은 빨리 지나가지 않았다. 고향과의 이별은 손쉽게 이루어졌고 슬프지 않다는 사실이 부끄러웠다. 누이들은 이유 없이 울었다. 나는 울 수 없었고 그런 나에 대해서 놀랐다. 늘 감정이 풍부한 아이였는데, 그리고 본바탕이 꽤 선한 아이였는데, 지금 나는 완전히 변해버렸다. 바깥 세계에 대해서는 전혀 무관심해졌고 내면에 귀 기울이면서 강물 소리를, 마음속 지하에서 출렁이는, 금지된 어두운 강물 소리를 듣는 데만 열중했다. 지난 반년 동안 나는 매우 빨리 자랐다. 마르고 키가 훌쩍 큰 불완전한 상태로 세상을 바라보고 있었다. 소년의 사랑스러움은 완전히 사라졌다. 사람들이 나를 별로 사랑할 수 없다는 것을 느꼈으며 스스로도 자신을 결코 사랑하지 않았다. 막스 데미안에 대한 커다란 그리움을 자주 느꼈다. 어떤 때는 그를 미워도 했고, 몹쓸 병처럼 떠맡은 내 삶의 정신적 빈곤의 책임을 그에게 돌리기도 했다.

처음에는 하숙집에서 사랑받지도 주목받지도 못했다. 사람들은 나를 놀리다가 그다음에는 슬슬 물러났고 나에게서 음침하고 패기 없는 사람, 불쾌한 괴짜를 보았다. 그런 역할을 하는 자신이 마음에 들어, 나는 그 역을 더 과장하면서 고독 속으로 칩거했다. 자주 비애와 절망의 발작에 짓눌렸는데도 그 고독은 바깥에서 보면 지극히 남자답게 세상을 경멸하는 것처럼 견고해 보였다. 학교에서는 새로운 비축 없이 집에서 쌓았던 지식만 소모해 나갔다. 전에 다니던 학교에 비해 약간 진도가 뒤처져 있었고, 나는 또래들을 다소 경멸적으로 어린아이들로 여기는 습관을 길렀다.

한 해 남짓 그렇게 지나갔다. 방학이 되어 처음 집으로 다니러 왔을 때도 새로울 게 없었다. 기꺼이 다시 떠났다.

11월 초였다. 날씨가 어떻든 짧은 산책을 하며 생각에 잠기는 습관이 생겼다. 산책길에서 자주 희열 같은 것을 맛보았다. 세상과 나 자신에 대한 경멸로 가득 찬 희열이었다. 어느 저녁 축축한 안개 낀 어스름에 도시 주변을 어슬렁어슬렁 거닐었다. 시립공원의 넓은 가로수 길이 버려진 채 나를 부르는 듯했다. 길에는 낙엽이 두껍게 쌓여 있었고, 나는 어두운 쾌락을 느끼며 낙엽들을 발로 헤집었다. 축축하고 쌉쌀한 냄새가 났다. 멀리 있는 나무들이 안개를 뚫고 유령처럼 커다랗고 희미하게 불쑥불쑥 나타났다.

가로수 길 끝에서 나는 어정쩡하게 멈춰 서서 검은 이파리 속을 응시하며 축축한 부패와 사멸의 향기를 탐닉하며 들이마셨다. 내면에서 무언가가 응답하며 그 향기를 반겼다. 오, 삶은 얼마나 김빠진 맛인가!

곁길에서 바람에 나부끼는 깃 달린 외투를 입은 사람 하나가 다가왔다. 가던 길을 그대로 가려고 하는 그때 그가 나를 불렀다.

"어이, 싱클레어!"

그가 따라왔다. 하숙집에서 제일 나이가 많은 학생, 알폰스 벡이었다. 나는 그에 대해 아무런 반감도 없었다. 다른 후배들한테나 나한테나 늘 비꼬는 듯한 말투에 아저씨처럼 군다는 것 외에는. 그는 곰처럼 힘이 세서 하숙집 주인도 꼼짝 못하게 제 손 안에 넣었다고 알려졌다. 인문고등학교 학생들 사이에 떠도는 많은 소문의 주인공이었다.

"여기서 뭐 하니?" 더 큰 사람들이 자기보다 어린애들에게 다가올 때의 어투로 그가 붙임성 있게 물었다. "자아, 어디 내기해볼까, 너 시를 지었지?"

"그런 생각 안 했는데." 나는 무뚝뚝하게 잘랐다.

그는 웃음을 터뜨리더니 내 곁에서 걸으며 이야기를 늘어놓았다. 내가 전혀 익숙지 않은 방식이었다.

"두려워할 필요 없어, 싱클레어. 내가 이해를 못할까 봐? 사람이 안개 속을 걷는다면, 이렇게 가을 생각에 잠겨서 말이야, 그럼 뭐가 있는 거야. 그럴 때는 즐겨 시를 짓지. 난 벌써 알고 있어. 물론 죽어가는 자연에 대해 그리고 자연과 닮은 잃어버린 청춘에 대해서 시를 짓지. 하인리히 하이네를 봐."

"난 그렇게 감상적이지 않아." 하고 내가 막았다.

"뭐 아무래도 좋아! 이런 날씨에는 내 생각에는 말이야, 술 한 잔 아니면 그 비슷한 게 있는 조용한 곳을 찾는 게 낫겠어. 같이 가지 않을래? 나도 마침 혼자거든. 아니면 싫으니? 네가 모범생이라도 되고 싶다면 널 유혹하고 싶지는 않다."

우리는 곧 어느 조그만 교외 술집에 앉아, 품질이 수상한 포도주를 마시며 두꺼운 유리잔을 부딪쳤다. 처음에는 별로 마음에 들지 않았지만 뭔가 새로운 것이기는 했다. 나는 술에 익숙하지 않아서 몹시 말이 많아졌다. 내 속에서 창문 하나가 활짝 열린 듯했다. 세계가 들어오는 것 같았다. 얼마나 오래, 얼마나 끔찍하게 오래 나는 내 영혼에 대해서 아무 말도 하기 못했던가! 나는 싱싱의 닐게를 펴기 시작했고, 그 한가운데서 카인과 아벨 이야기를 화젯거리로 삼았다.

벡은 즐겁게 내 말에 귀 기울였다. 마침내 누군가가 내 말을 들어주고 그에게 내가 뭔가를 주는 것이다! 그는 내 어깨를 두드렸다. 나를 굉장한 녀석이라고 불렀다. 나는 이야기하고 싶고 뭔가를 전하고 싶은 쌓였던 욕구를 분출하는 기쁨과 연장자에게서 다소 인정받는다는 기쁨에 가슴이 부풀어 올랐다. 그가 나를 천재적인 멋들어진 녀석이라고 불렀을 때는 그 말이 감미로운 독주처럼 영혼 속으로 번졌다. 세계는 새로운 색깔로 불타고 있었다. 생각들이 수백 개의 철철 솟는 샘에서 나와 흘러갔다. 속에서 정기와 주정의 뜨거움이 활활 타올랐다. 선생님과 친구들에 대해 대화했는데 제법 통하는 것 같았다.

그리스와 그리고 이교에 대해서도 이야기했고, 벡은 나더러 사랑의 모험에 대해서 무조건 털어놓게 했다. 그런데 그 점에서는 이야기할 게 없었다. 경험한 것이 아무것도 없었던 것이다. 다만 마음속에서 느끼고, 구성하고, 상상의 날개를 편 것, 그것은 불타듯 내 속에 들어앉아 있었다. 그건 술로도 풀리지 않았으며 전달할 수 없었다.

여자에 대해서 벡은 훨씬 더 아는 게 많았다. 나는 열이 올라 그런 동화 같은 이야기에 귀 기울였다. 믿을 수 없는 것을 거기서 들었다. 결코 가능하다고 여기지 않았던 것이 밋밋한 현실 속으로 들어왔고 뚜렷해 보였다. 알폰스 벡은 열여덟 살쯤인데 벌써 경험이 많았다. 그 가운데는 소녀들과의 일도 있었다. 소녀들은 자기들에게 아첨하고 예우해주길 바라는데 그건 근사하긴 하지만 진짜는 아니라는 것이다. 그래서 더 큰 성공은 나이든 부인들에게서 기대할 수 있다고 했다. 예를 들면 문구점을 하는 야겔트 부인, 그 부인하고는 이야기가 통하는 것 같으며 그 가게 계산대 뒤에서 무슨 일이 있었는지는 책에서도 볼 수 없다는 것이었다.

나는 완전히 매료되어 멍하니 앉아 있었다. 나라면 야겔트 부인을 곧바로 사랑할 수 없었으리라. 어쨌든 그것은 들어본 적 없는 이야기였다. 내가 꿈꾸어본 적도 없는 원천이, 적어도 좀 더 나이든 사람들에게는 솟고 있는 것 같았다. 어딘가 틀린 대목이 있기는 했다. 그리고 그 모든 것의 맛은 내가 생각했던 사랑의 맛보다 보잘것없고 일상적이었다. 하지만 그것은 현실이고 삶이고 모험이었다. 그것을 이미 경험해서 당연한 일로 보는 사람이 내 곁에 앉아 있었다.

우리의 대화는 약간 수준 낮은 것이었고 무언가가 빠져 있었다. 나는 이제 더 이상 천재적인 작은 사나이가 아니었다. 그저 어른의 말에 귀 기울이고 있는 소년일 뿐이었다. 그러나 그것은 몇 달 동안의 나의 삶보다 훨씬 멋진 낙원 같았다. 그렇게 술집에 앉아 있는 것부터 우리가 대화하는 모든 것이 서서히 느끼기 시작한 대로, 금지된 것이었다. 엄격하게 금지된 것이었다. 아무튼 나는 그 가운데서 뜨거운 감정을 느끼고 혁명적 파격을 맛보았다.

그날 저녁은 지금도 생생하게 기억한다. 우리 둘이 흐릿하게 타는 가스등을 지나 서늘하고 축축한 어둠 속에서 집으로 가는 길에 접어들었을 때 나는 처음으로 취해 있었다. 근사하지는 않았다. 극도로 고통스러웠다. 그렇지만 거기에도 무언가가 있었다. 매력적인 감미로움이었다. 그것은 반란이면서 비의였고, 삶이자 정신이었다. 머리꼭대기에 피도 안 마른 초보라고 호되게 욕하면서도 벡은 나를 거의 떠메고 집으로 데리고 갔다. 집에 와서는 열린 복도 창문으로 나를 살짝 집어넣고 자기도 그렇게 숨어 들어왔다.

죽은 듯이 잠을 잔 후 나는 고통스럽게 깨어났다. 멍한 고통이 나를 엄습했다. 나는 침대에 앉아 있었는데 낮에 입었던 셔츠를 아직도 입고 있고, 옷가지며 신발은 바닥에 널려 있었다. 담배 냄새와 토사물 냄새가 났다. 두통과 메스꺼움과 심한 갈증 사이에서 오래 직시하지 않았던 영상 하나가 떠올랐다. 고향과 집, 부모님과 누이들, 정원이 보였다. 조용하고 아늑한 내 방도 보였다. 학교와 시장 광장이 보였다. 데미안과 견진성사 수업이 보였다. 그 모든 것은 환했다. 모든 것이 흐르는 광채로 에워싸여 놀랍고 신성하고 깨끗했다.

모든 것이 어제만 해도, 몇 시간 전만 해도 나의 것이었고, 나를 기다렸는데 지금은, 지금 이 시각에는, 타락하고 저주받았다는 것을 깨달았다. 더 이상 내 것이 아니었다. 나를 밀쳐내고 있었다. 구역질을 하며 나를 주시하고 있었다! 가장 먼 유년의 황금빛 정원에까지 되돌아가 부모님으로부터 경험한 모든 사랑스럽고 친근한 것, 어머니의 입맞춤 하나하나, 성탄절 하나하나, 경건하고 환한 일요일 아침 하나하나, 정원의 꽃 하나하나, 이 모든 것이 황폐화되었다. 모든 것을 내 두 발로 짓밟아버렸던 것이다! 지금 추적자가 와서 나를 묶고 인간 폐물이며 신전 모독자라고 교수대로 데리고 간다면, 나는 기꺼이 따라갔으리라. 그렇게 하는 것이 바르고 합당한 처사라고 느꼈을 것이다.

나의 내면은 그랬던 것이다! 빙빙 돌며 세상을 경멸하던 나! 정신에는 자부심이 충만했고 데미안과 생각을 함께했던 나! 내 모습이 그랬다. 취하고 더럽고 구역질나고 비열한 폐물, 야비한 충동의 기습을 받은 살벌한 야수! 정결함, 광채 그리고 우아한 사랑스러움인 저 정원에서 온 내가, 바흐의 음악과 아름다운 시를 사랑했던 내가! 아직도 속이 메스껍고 격분한 내 귀에 헉헉 터뜨려 대는 취한 웃음소리가 들렸다. 그게 나였다!

그럼에도 불구하고 이 고통을 겪는 중에도 상당한 쾌감이 있었다. 맹목적이고 둔감하게 웅크리고 있었기에, 오랫동안 침묵하고 가난해져 구석에 앉아 있었기에 이러한 자기 고발과 전율, 영혼의 불쾌한 감정도 환영받던 것이다. 감정이 일었다! 불꽃이 솟았다. 그 속에서 심장이 경련했다! 나는 비참의 한가운데서 해방이자 봄 같은 무엇을 혼란스럽게 느꼈다.

밖에서 보면 그동안 나는 착실히 내리막길을 걷고 있었다. 처음으로 취한 것이 처음으로 끝나지 않았다. 학교 학생들은 술집 출입이 잦았고 행패를 부리기도 했다. 가담하는 학생들 가운데 나는 제일 어린 축에 들었다. 나는 더 이상 '끼워 주는' 어린애가 아니라 주모자요, 스타였다. 유명하고 대담무쌍한 술집 출입객이었다. 나는 다시 어두운 세계, 악마 소속의 세계에서 명사가 되었다.

그러면서도 기분은 참담했다. 나는 자신을 파괴하는 방탕 속에서 살아갔다. 학교에서는 지도자이자 굉장한 너석으로, 괴팍성 있고 위트 있는 녀석으로 인정받았던 반면 마음속 깊은 곳에서는 두려움에 가득 찬 영혼이 불안으로 퍼덕이고 있었다. 일요일 오전에 어느 술집을 나오다 길거리에서 아이들이 놀고 있는 모습을 보고 눈물 흘렸던 일을 지금도 기억한다. 환하고 즐겁게, 갓 빗질한 머리에 일요일 정장을 차려입은 아이들이었다. 보잘것없는 술집의 더러운 테이블, 맥주가 쏟아져 고인 곳에서, 내가 전대미문의 냉소주의로 친구들을 놀리고 놀라게 하는 동안에도, 실제로 나는 내가 냉소를 보내는 모든 것에 경외심을 가지고 있었다. 마음속으로 울며 내 영혼 앞에서, 과거 앞에서, 어머니 앞에서, 신 앞에서 무릎을 꿇은 채 엎드려 있었던 것이다.

한 번도 내 동행자들과 하나가 되지 않았다는 것, 그들 가운데서 늘 외로웠고 괴로웠다는 것, 거기에는 그럴 만한 이유가 있었다. 나는 술집의 영웅이었지만 아주 거친 것은 심정적으로 경멸하는 사람이었다. 나는 총기가 있었고 선생님들, 학교, 부모, 교회에 대한 내 생각을 표현할 때는 패기를 과시했다. 직접 하지는 못했지만 음담패설도 태연히 들었다. 그러나 내 패거리들이 여자들한테로 갈 때 함께 간 적은 없었다. 나는 혼자였고 사랑에 대한 타는 듯한, 절망적 그리움으로 가득 차 있었다.

내 말을 누가 들으면 분명 후안무치한 향락자였을 텐데, 그 누구도 나만큼 쉽게 상처받거나 부끄러워하지 않았다. 양갓집 소녀들이 귀엽고 깨끗하게, 환하고 우아하게 내 앞에서 걸어가는 것을 보아도 그들은 나에게 놀라운, 깨끗한 꿈이었다. 나보다 천 배는 더 선하고 깨끗했다. 한동안 나는 야겔트 부인의 문구점에도 갈 수 없었다. 그 여자를 보고 알폰스 벡이 들려준 이야기를 생각하면 얼굴이 빨개졌기 때문이다.

새로운 친구들 가운데서도 외롭고 남과 다르다는 것을 알면 알수록, 그만큼 더 나는 거기서 떨어져 나오지 못했다. 술 퍼마시고 허풍 치는 것이 나에게 즐거운 일이기나 했는지 그것도 이제는 정말 모르겠다. 마시는 일에도 고통스러운 결과를 느끼지 않을 정도로 익숙해지지는 않았다. 모든 것이 일종의 강압 같았다. 나는 내가 해야 할 일을 했다. 달리 나 자신을 어떻게 해야 할지 전혀 몰랐기 때문이다. 나는 오래 혼자 있으면 공포를 느꼈다. 그리고 계속 마음이 기우는 듯한, 은근하고 부끄러운 내적 발작이 두려웠으며, 가끔씩 엄습해오는 부드러운 사랑에 대한 생각에 불안을 느꼈다.

내게 가장 결핍된 한 가지, 그건 친구였다. 내가 바라보기를 좋아하는 친구 두셋이 있기는 했다. 그들은 착한 사람들에 속했고, 나의 악덕은 오래전부터 이미 그 누구에게도 비밀이 아니었다. 그들은 나를 피했다. 학우들은 나를 흔들리며 희망 없이 노는 학생으로 간주하고 있었다. 선생님들은 나에 대해 많이 알고 있었다. 나는 몇 차례 엄하게 벌을 받았고, 최종적으로 학교에서 쫓겨나는 일만 남았는데 그건 내가 기다리는 바였다. 스스로도 잘 알고 있었다. 오래전부터 더 이상 좋은 학생이 아니었다. 퇴학당하기까지 그리 오래 걸리지 않으리라는 느낌으로 근근이 건들건들 헤쳐 가고 있었다.

신이 우리를 외롭게 만들어 자신에게로 인도할 수 있는 길은 많이 있다. 그런 길은 그때 신이 나와 함께 갔던 것이다. 악몽과도 끝았다. 더러움과 끈적거림 너머로, 깨진 맥주잔과 독설로 지새운 밤 너머로 내 모습이 보였다. 내가, 주문에 걸린 몽상가가, 추하고 더러운 길을 쉬지 않고 고통당하며 기어가는 모습이. 공주님을 찾아가는 길인데, 오물 웅덩이에, 악취와 쓰레기 가득한 뒷골목에 박혀 있는 그런 꿈들이었다. 내 형편이 그랬다. 그다지 세련되지 못한 식으로 나는 고독하게 되었고, 나와 어린 시절 사이에는 문지기들이 무자비하게 눈초리를 번뜩거리고 서 있는, 굳게 닫힌 에덴동산의 문이 가로지르도록 운명 지어졌던 것이다. 이것이 바로 나 자신에 대한 향수의 시작이고 각성이었다.

아버지가 하숙집 주인의 편지로 경고를 받아 성 ○○시에서 느닷없이 나와 마주했을 때만 해도 나는 놀라고 움찔했다. 겨울 끝 무렵 아버지가 두 번째로 오셨을 때 나는 벌써 냉혹하고 무관심했다. 아버지께서 욕을 하고 애원을 하며 어머니를 상기시켰을 때도 모른 척했다. 아버지는 몹시 격분하여 수모와 창피를 무릅쓰고라도 학교에서 나를 끌고 나와 감화원에 처넣겠다고 하셨다. 그러시라지! 아버지가 떠나자 마음이 안됐었다. 아버지는 아무것도 이루지 못했다. 나에게로 오는 어떤 길도 찾아내지 못했다. 어떤 때는 일이 그렇게 된 것도 당연하다 싶었다.

내가 무엇이 되건 나로서는 아무래도 좋았다. 별로 곱지 못한 방식으로, 술집에 앉아 의기양양하게 굴면서 나는 세상과 싸움을 벌이고 있었다. 그것은 나름의 저항의 형식이었다. 그러면서 나 자신을 망가뜨렸고, 이따금씩 내 일을 대략 이렇게 보았다. 세상이 나 같은 사람을 필요로 하지 않는다면, 나 같은 사람들에게 줄 더 나은 자리나 더 높은 과제를 갖고 있지 못하다면, 이제 나 같은 부류는 이렇게 망가지는 거라고. 세상이 손해를 보겠지 뭐.

그 해의 성탄절 휴가는 즐겁지 않았다. 나를 다시 보았을 때 어머니는 놀라셨다. 키가 더 컸고, 살은 늘어지고 눈 가장자리에 염증이 난, 잿빛의 마른 얼굴은 황폐해 보였다. 콧수염이 돋기 시작한 데다 얼마 전부터 쓴 안경이 더욱 낯설어 보이게 했다. 누이들은 뒤로 물러나 킬킬거렸다. 모든 게 유쾌하지 않았다. 서재에서 나눈 아버지와의 대화도 씁쓸했다. 몇몇 친척들의 반가워하는 인사도 반갑지 않았다.

무엇보다 성탄절 저녁이 기쁘지 않았다. 성탄절이란 내가 태어난 이래 우리 집에서 가장 성대한 날이다. 잔치 분위기, 사랑과 감사의 저녁, 부모님과 나 사이의 유대를 새롭게 하는 저녁이었다. 이번에는 모든 것이 마음을 짓누르고 당황하게 만들 뿐이었다. 여느 때처럼 아버지는 벌판의 양치기에 대한 복음서를 읽으셨다. "그들은 바로 그곳에서 양떼를 지켰다." 여느 때처럼 누이들은 환히 웃으면서 그들의 선물을 늘어놓은 탁자 앞에 서 있었다. 그러나 아버지의 음성은 즐겁지 않았고, 얼굴은 늙고 짓눌려 보였으며, 어머니는 슬퍼하셨다. 나에게는 모든 것, 선물과 덕담, 복음서와 크리스마스 트리 모두가 거북하고 또 원하지 않은 것이었다. 후추와 꿀이 든 랩 케이크에서는 달콤한 냄새가 났고 감미로운 추억의 뭉게구름이 콸콸 흘러나왔다. 전나무는 향기를 냈고 이제는 존재하지 않는 것들에 대해서 이야기하고 있었다. 나는 그 저녁과 휴일의 나날이 어서 끝나기만을 바랐다

온 겨울이 그렇게 갔다. 얼마 전에 나는 교무회로부터 심각한 경고를 받았다. 퇴학의 위험이 임박해 있었다. 오래 걸리지 않을 것이다. 그럼, 좋으실 대로. 나야 별 이의가 없었다.

막스 데미안에게는 특별한 유감이 있었다. 그를 그동안 한 번도 보지 못했다. 나는 그에게, 성 ○○시에서의 학창 시절 시초에 두 번 편지를 썼지만 답장을 받지 못했다. 방학 때도 찾아가지 않았다.

알폰소 벡과 만났던 공원에서 초봄에 있었던 일이다. 어떤 소녀가 내 눈에 뜨인 것은 가시나무 울타리가 막 초록이 되기 시작했을 때였다. 꺼림칙한 생각과 근심으로 가득 찬 채 나는 혼자 산책하고 있었다. 건강이 나빠진 데다 돈에 쪼들렸기 때문이다. 학우에게 빚을 지고 있었는데, 집으로부터 받아 내자면 지출을 꾸며 내야 했고 몇몇 가게에 담뱃값이나 그 비슷한 물건들의 외상도 불어가고 있었다. 머지않아 이곳 생활이 끝나게 되어 강물에 투신하거나 감화원에 끌려가게 된다면, 이런 근심거리들은 더 이상 깊어지지 않을 것이다. 나는 그런 아름답지 못한 일들과 내내 대면하며 살면서 그것들에 시달렸다.

그 봄날 공원에서 내 시선을 사로잡은 소녀를 만나게 되었다. 그녀는 키가 크고 날씬했으며, 멋진 옷차림이었고 영리한 소년의 얼굴이었다. 첫눈에 그녀는 내 마음에 들었다. 내가 좋아하는 이상형으로 내 상상력을 바쁘게 했다. 나보다 나이가 더 들어 보이지 않았지만, 훨씬 성숙하고 고상하고 윤곽이 뚜렷해서 완전히 숙녀처럼 보였다. 그러면서도 내가 지독하게 좋아하는 오만과 소년다움의 흔적이 얼굴에 있었다.

지금까지 마음을 빼앗긴 여성에게 접근해서 성공한 적이 없었는데, 이 소녀도 마찬가지였다. 그러나 그 인상은 이전의 여성들보다 더 깊었고 내 삶에 미친 이 연모의 영향력은 대단했다.

　갑자기 존경할 만한, 드높은 영상이 내 앞에 서 있다. 그런데 내면에서는 그 어떤 욕구나 충동도 외경과 숭배만큼 깊고 격렬하지는 않았다! 나는 그녀에게 베아트리체라는 이름을 주었다. 단테는 읽지 않았지만 베아트리체에 대해서는 알고 있었다. 어느 영국 그림에서 봤는데, 그 복제품을 내가 간직하고 있었다. 그 그림은 영국 라파엘 이전 화파의 소녀상으로, 길고 날씬한 팔다리와 작고 긴 얼굴에, 두 손과 표정에는 영혼이 깃든 분위기가 표현되어 있었다. 나의 아름다운 아가씨도 내가 좋아하는 그런 날씬하고 소년 같은 모습을 하고 있고 얼굴에는 뭔가 영적인 분위기를 띠고 있기는 했지만, 그 초상화와 완전히 똑같다지는 않았다.

　베아트리체와 말을 나눈 적은 없다. 그럼에도 그녀는 당시 나에게 지극히 깊은 영향을 주었다. 자신의 영상을 내 앞에 내세워 보여 준 것이다. 나에게 성소를 열어주었다. 나를 사원 안에서 기도하는 성도로 만들었다. 그날로 나는 술집 출입과 밤에 나돌아 다니는 일에서 멀어졌다. 나는 다시 혼자 있을 수 있었다. 다시 즐겨 책을 읽고 산책을 했다.

　나의 갑작스러운 변화는 충분히 조소를 받았다. 이제 나는 무엇인가를 사랑하고 숭배해야 했다. 다시 하나의 이상을 가진 것이다. 삶은 다시 예감과 비밀에 찬 영롱한 여명이었다. 그 점이 나를 조소에 무관심하게 만들었다. 나는 다시 나 자신에게로 편안히 안착했다. 비록 존경하는 영상의 노예이자 봉사자가 되어서라도.

감동 없이는 그 시절을 회상할 수 없다. 나는 더없이 열렬한 노력으로, 부서진 삶의 한 시기의 폐허들로부터 자신을 위해 '환한 세계' 하나를 지으려 다시 노력해봤다. 다시 나는 내 속의 어둠과 악을 떨치고 완전히 빛 속에, 신 앞에 무릎 꿇고 그대로 머물려는 단 하나의 욕구 속에서 살았다. 지금의 이 '환한 세계'는 어느 정도는 내 자신의 창조였다. 어머니에게로 그리고 책임 없는 아늑함 속으로 다시 도망치고 기어드는 것이 아니었다. 나 자신에 의해 창안되고 요구된 새로운 예배, 책임과 자율이 있는 예배였다.

자꾸만 도피했던 성 문제는 이제 성스러운 불길 속에서 정신과 기도로 승화되었다. 암흑이나 어떤 추한 것도 있어서는 안 된다. 신음하며 지샌 밤들도, 방종한 영상들 앞에서 뛰던 심장의 고동도, 금지된 문 앞에서의 도취도, 육욕도. 그 모든 것 대신 베아트리체의 영상으로 나는 나의 제단을 세웠다. 나를 그녀에게 바침으로써 자신을 정신에 그리고 신에게 봉헌했다. 어두운 힘들에서 내가 뺏어낸 삶의 몫을 나는 환한 힘들에게 제물로 바쳤다. 나의 목표는 쾌락이 아니라 정결함이었다. 행복이 아니라 아름다움과 정신성이었다.

이 베아트리체 예배는 나의 삶을 송두리째 바꾸어 놓았다. 어제만 해도 조숙한 냉소주의자였는데, 나는 지금 성인이 되겠다는 목표를 지닌 사원의 하인이었다. 나는 내가 익숙했던 평범한 삶을 떨쳤을 뿐만 아니라 모든 것을 바꾸려고 했다. 모든 것에 정결함, 고귀함, 품위를 부여하려 했다. 먹고 마시면서도, 말을 하고 옷을 차

려입으면서도 나는 그 생각을 했다. 냉수욕으로 아침을 시작했다. 처음에는 심하게 자신을 다스려야 했다. 진지하게 처신했으며, 몸을 꼿꼿이 했고, 나의 걸음걸이를 좀 더 느리고 품위 있게 했다. 구경꾼에게는 우스꽝스럽게 보였을지도 모른다. 나의 내면에서 그것은 모두 예배였다.

이 모든 새로운 연습이 내게 중요해졌다. 거기서 새로운 신념을 위한 표현을 찾아낸 것이었다. 나는 그림을 그리기 시작했다. 내가 가진 영국 베아트리체 상이 저 소녀와 충분히 닮지 않았다는 데서 시작된 일이었다. 나를 위해 그녀를 그리고 싶었다. 새 기쁨과 희망을 품고 얼마 전에 생긴 내 방에 아름다운 종이, 물감과 붓을 모아들였고, 팔레트, 유리잔, 도자기 접시, 연필을 가지런히 해놓았다. 그중에는 크롬옥시드 그린이 있었다. 그 불타는 초록 물감이 하얀 작은 접시에서 처음 빛을 발하던 모습이 아직도 눈에 선하다.

조심스럽게 시작했다. 얼굴을 그리는 것은 어려워서 우선 다른 걸로 시험해보았다. 장식품, 꽃 그리고 작은 상상의 풍경, 예배당 곁에 선 나무 한 그루, 사이프러스 나무들이 있는 로마의 다리를 그렸다. 때로는 이 장난에 정신없이 빠져들어, 크레파스를 선물 받은 어린아이처럼 행복해했다. 마침내 나는 베아트리체를 그리기 시작했다.

나뭇잎 몇 개는 완전히 실패해서 버려버렸다. 때때로 거리에서 마주쳤던 그 소녀의 얼굴을 떠올려 보려 하면 할수록 잘되질 않았다. 나는 소녀를 그리는 건 포기하고 그냥 얼굴 하나를 그리기 시작했다. 시작만 해놓고는 붓 가는 대로, 물감과 붓에서 저질로 나오는 선을 따라 그렸다. 거기서 나온 것은 꿈꾸던 얼굴이었지만 별로 불만족스럽지는 않았다. 나는 계속 시도했다. 새로운 종이 한 장 한 장이 무언가를 더 분명하게 말했다. 결코 실물에 가깝지는 않아도 그 유형에는 가까워졌다.

점점 더 몽환적인 붓놀림으로 대상이 없는, 장난 같은 더듬음에서, 무의식에서 나오는 선을 긋고 면을 채우는 데 익숙해졌다. 어느 날 거의 의식 없이 얼굴 하나를 완성했는데, 전에 그린 것들보다 더 강하게 나에게 말을 거는 것이었다. 그것은 그 소녀의 얼굴은 아니었고, 결코 그럴 수도 없었다. 무언가 다른 것, 비현실적인 모습이었다. 그렇다고 가치가 덜한 것이 아니었다. 소녀의 얼굴이기보다는 오히려 청년의 머리처럼 보였다. 머리카락은 나의 예쁜 소녀처럼 환한 금색이 아닌 불그스름한 기운이 도는 갈색이었고, 턱은 강하고 윤곽이 뚜렷했으며, 입은 붉게 꽃피고 있었다. 모든 것이 다소 뻣뻣한 가면 같았지만, 인상적이고 신비스러운 생명으로 가득 차 있었다.

완성된 그림 앞에 앉아 있자니 기이한 인상을 받았다. 일종의 신상이나 성인의 가면처럼 보였다. 절반은 남자고 절반은 여자, 나이가 없고 의지가 굳세면서도 몽상적이며, 굳어 있으면서도 생명력이 있어 보였다. 이 얼굴은 내게 할 말이 있는 듯했다. 그것은 나의 일부였다. 나에게 요구를 내세웠다. 그리고 누군지는 모르겠지만 그 누군가와 비슷했다.

그때부터 그 초상이 한동안 내 모든 생각을 따라다녔고 내 삶과 함께 했다. 나는 그것을 서랍에 감춰뒀다. 아무도 그것을 훔쳐보고 그걸로 나를 비웃게 해서는 안 되었다. 혼자 내 작은 방 안에 있을 때면 곧바로 나는 그 그림을 꺼내어 들여다보곤 했다. 저녁에는 마주 보이는 침대 위쪽 벽지에 핀으로 붙여 놓고 잠들 때까지 바라보았으며 아침이면 첫 눈길이 곧장 거기로 갔다.

그 시절에 나는 어린아이였을 때처럼 다시 꿈을 많이 꾸기 시작했다. 여러 해 동안 꿈을 꾸지 않다가 꿈이 다시 나타난 것이다. 전혀 새로운 종류의 영상들 그리고 자주 그 초상이 꿈속에서도 떠올랐다. 살아서 이야기하며, 친절하거나 혹은 적대적으로, 어떤 때는 얼굴을 찡그렸고 어떤 때는 무한히 아름답고 조화롭고 고귀했다.

어느 아침, 그런 꿈들을 꾸다 깨어났을 때 나는 갑자기 그 그림의 실체를 알아보았다. 그 그림은 참으로 친밀하게 나를 바라보고 있었다. 내 이름을 부르는 것 같았다. 나를 잘 아는 것 같았다. 어머니처럼, 아득한 시절부터 내내 나를 향해 있었던 것 같았다. 가슴이 뛰면서 나는 그림을 응시했다. 숱 많은 갈색 머리카락을, 절반쯤 여자의 것인 입술을, 유난히 밝은 (그림이 저절로 그렇게 말랐다) 뚜렷한 이마를. 그러자 마음속에서 재발견하고, 알게 된 생각이 점점 가까이 다가오는 것을 느꼈다.

나는 자리에서 벌떡 일어났다. 그 얼굴 앞에 서서 아주 가까이에서 그것을 바라보았다. 크게 뜬, 초록빛 도는 굳은 두 눈을 들여다보았다. 오른쪽 눈이 다른 쪽보다 약간 높이 있었다. 문득 그 오른쪽 눈이 찡긋했다. 가볍고 섬세하게 그러나 분명하게 찡긋했다. 그리고 이 찡긋거림으로 나는 그림을 알아보았다.

어떻게 내가 이렇게 늦게야 비로소 찾아낼 수 있었단 말인가! 그 것은 데미안의 얼굴이었다. 후에 이 그림을 내 기억 속에서 찾아낸 데미안의 진짜 표정과 자주 비교했다. 비슷하기는 해도 똑같은 건 아니었지만 그래도 데미안이었다.

어느 초여름 저녁, 태양이 비스듬히 붉게 서향인 창문으로 비쳐 들고 있었다. 방 안은 어스름해졌다. 그때 베아트리체 혹은 데미안의 초상을 창살이 교차하는 창문 가운데에 핀으로 꽂아 놓고, 석양이 거기로 비치면 어떤지 봐야겠다는 생각이 들었다. 얼굴은 윤곽이 흐릿해졌지만, 불그스름하게 테 둘린 눈, 환한 이마와 진홍의 입이 종이에서 튀어나와 야성적으로 작열했다. 빛이 사라지고 나서도 오랫동안 나는 그것을 마주 보고 앉아 있었다.

차츰차츰 이것은 베아트리체도 데미안도 아닌, 나라는 느낌이 왔다. 그 그림은 나를 닮지 않았으며 그럴 리도 없다고 느꼈다. 그러나 그것은 내 삶을 결정한 것이었다. 그것은 나의 내면, 나의 운명 혹은 내 속에 내재하는 수호신이었다. 만약 내가 언젠가 다시 한 친구를 찾아낸다면, 그 친구의 모습이 저러리라. 언제 하나를 얻게 된다면 내 애인의 모습이 저러리라. 나의 삶이 저럴 것이며 나의 죽음이 저럴 것이다. 이것은 내 운명의 울림이자 리듬이었다.

그 몇 주 동안 나는 책을 한 권 읽기 시작했는데, 전에 읽은 모든 책보다 더 깊은 인상을 받았다. 나중에도 책을 그렇게까지 경험한 일은 드물었다. 어쩌면 니체나 그랬을지. 그것은 노발리스의 책으로 편지와 잠언이 들어 있었는데, 그중 많은 것을 이해하지 못했는데도 모든 것이 말할 수 없이 나를 매혹시켰고 긴장시켰다. 잠언

하나가 아직도 생각난다. 펜으로 그 잠언을 초상화 밑에 적어 놓았다. '운명과 심성은 하나의 개념에 붙여진 두 개의 이름이다.' 그 말을 내가 그때 이해했던 것이다. 베아트리체라고 부른 소녀는 여전히 자주 마주쳤다. 이제는 아무런 동요를 느끼지 않았다. 그러나 늘 한 가닥 부드러운 일치감, 한 가닥 넘치는 예감을 느꼈다. 넌 나와 연결되어 있어. 그러나 네가 아니고 네 영상만 말이야. 넌 내 운명의 일부거든.

막스 데미안에 대한 나의 그리움이 다시 거세졌다. 나는 그의 소식을 전혀 모르고 있었다. 몇 해째 아무것도 모르고 있었다. 꼭 한 번 방학 때 그를 맞닥뜨렸다. 이 짧은 만남을 기록에서 일부러 빼뜨렸다는 것을 지금 알겠다. 그것이 부끄러움과 허영심에서 일어난 일이었다는 것도 알겠다. 만회해야겠다.

한번은 방학 중에, 권태롭고 다소 피곤한 얼굴로, 즉 술집을 드나들던 시절의 얼굴로 고향 도시를 어슬렁거리며, 산책용 지팡이를 빙빙 돌리며, 속물들의 똑같고 경멸스러운 늙은 얼굴들을 들여다보고 있는데 그때 내 옛 친구가 마주 오는 것이었다. 그를 보자마자 나는 움칫했다. 번개처럼 재빨리 나는 프란츠 크로머를 생각했다. 데미안이 그 이야기를 정말 잊어버렸기를! 그에 대해 의무를 지고 있다는 건 무척 불쾌했다. 유치한 어린애들 이야기였지만, 그래도 짐은 짐이었다.

내가 그에게 인사하려는 건지 아닌지, 데미안은 기다리는 것 같았다. 내가 될 수 있는 대로 태연하게 인사를 했고 그는 손을 내밀었다. 다시금 그 데미안 악수였다! 그렇게 굳고 따뜻하고 그러면서도 서늘하고 남자다웠다!

그는 주의 깊게 내 얼굴을 들여다보며 말했다.

"너 컸구나, 싱클레어." 그는 전혀 달라 보이지 않았다. 똑같이 나이 들고 똑같이 어려 보였다. 언제나 그랬듯이.

우리는 함께 어울려 산책을 하며 소소한 일에 대해서만 이야기했고, 당시에 대해서는 아무 말도 하지 않았다. 내가 그에게 몇 번 편지를 썼는데 답장을 못 받았던 생각이 났다. 아, 그가 그것도 잊어버렸으면 좋을 텐데, 그 어리석고 창피한 편지들을! 편지에 대해서는 아무 말이 없었다.

당시에는 베아트리체도 초상도 없었다. 나는 아직 황량한 시절의 한가운데 있었다. 교외에서 나는 그에게 함께 술집에 가자고 했다. 그가 따라왔다. 떠벌리면서 나는 술 한 병을 시키고, 따르고, 잔을 부딪치며 대학생의 음주 습관에 익숙하다는 걸 과시했다. 첫 잔을 단숨에 비웠다.

"술집에 많이 가는구나?" 그가 내게 물었다.

"아, 그래." 내가 굼뜨게 대답했다. "달리 뭘 하겠어? 그게 그래도 제일 신나는 일이잖아."

"그렇게 생각해? 그럴 수도 있겠지. 거기에도 멋진 면이 있긴 해. 도취, 바쿠스적인 것! 하지만 내 보기에 그런 멋진 요소는 술집에 앉아 있는 대부분의 사람들에게서 완전히 사라진 것 같아. 술집 출입이야말로 뭔가 정말 속물적인 느낌이 들어. 그래, 하룻밤, 불타는 햇불을 들고, 제대로 된 멋진 도취와 비틀거림으로! 그거야 좋지. 하지만 그렇게 홀짝홀짝 한 잔 또 한 잔을 마셔대는 건 아마 진짜가 아닐걸? 이를테면 저녁마다 단골 술집에 앉아 있는 파우스트를 상상할 수 있겠어?"

나는 마셨고 적의에 차서 그를 바라보았다.

"그래, 그렇지만 누구나 파우스트 같은 사람은 아니지." 하고 짧게 말했다.

그는 약간 어리둥절해서 나를 바라보았다.

그러더니 웃었다. 예전의 신선함과 우월함을 보이며.

"뭣 하러 그런 걸 가지고 너와 다투겠니? 아무튼 술꾼이나 방탕아의 삶은 아마도 나무랄 데 없는 시민의 삶보다 생기가 있겠지. 그런데, 언젠가 읽었는데 말이야, 방탕아의 삶은 신비주의자를 위한 최고의 준비의 하나라는군. 예언자가 된 성 아우구스틴 같은 사람들이 있기도 하고 말이야. 성 아우구스틴은 한때 방탕한 향락주의자였지."

나는 미심쩍었지만 결코 그에게 훈계당하고 싶지 않았다. 그래서 권태롭다는 듯 말했다.

"그래, 누구든 자기 취향에 따르겠지! 고백하면, 나는 예언자나 그런 무엇이 되는 일 따위에는 전혀 관심 없어."

데미안이 가느스름하게 뜬 눈으로 알겠다는 듯 나를 쏘아보았다.

"이봐, 싱클레어." 그가 천천히 말했다.

"너한테 불쾌한 말을 하려는 건 아니었어. 어떤 목적으로 네가 지금 네 잔을 마시고 있는지, 그건 우리 둘 다 알 수 없어. 하지만 네 인생을 결정하는, 네 안에 있는 것은 그걸 벌써 알고 있어. 이걸 알이야 힐 깃 같아. 우리 속에는 모든 깃을 일고, 모든 깃을 하고자

하고, 모든 것을 우리 자신보다 더 잘 해내는 어떤 사람이 있다는 걸 말이야. 미안하지만 난 집에 가봐야겠다."

우리는 짧게 작별했다. 나는 몹시 기분이 언짢은 채 그대로 앉아 잔을 다 비웠다. 술집을 나설 때 데미안이 벌써 계산을 했다는 걸 알았다. 그것이 날 더욱 화나게 했다.

내 생각은 다시 이 작은 사건에 머물렀고 데미안으로 가득 찼다. 그가 저 교외 술집에서 한 말들이 고스란히 떠올랐다. "이걸 알아야 할 것 같아. 우리들 속에는 모든 것을 아는 한 사람이 있다는 것 말이야!"

창문에 걸려 있는 이제는 완전히 빛이 사라진 그림을 쳐다보았다. 빛이 사라졌는데도 나는 보았다. 두 눈은 아직도 활활 타고 있었다. 그것은 데미안의 시선이었다. 혹은 내 속에 있는 사람, 모든 것을 아는 그 사람이었다.

데미안이 얼마나 그리웠던가? 그에 대해서 아무것도 몰랐다. 그는 연락이 되지 않는 사람이었다. 지금 내가 아는 건 어딘가에서 대학을 다니고 있다는 것, 그의 김나지움 시절이 끝나고 나서 그 어머니가 우리 도시를 떠났다는 것뿐이었다.

크로머와의 이야기로 돌아가기까지 나는 마음속에서 막스 데미안에 대한 모든 추억을 찾았다. 얼마나 많은 것이 그때 다시 울리기 시작했는지. 그가 언젠가 내게 해준 말이나 그 밖의 모든 것이 오늘까지도 의미가 있었고, 당면 문제였으며, 나와 상관 있었다! 그다지 즐겁지 않았던 우리의 마지막 만남에서 방탕아와 성인에 대한 그의 얘기도 갑자기 내 영혼 앞에 환하게 떠올랐다. 나한테도 그렇게 된 것이었을까? 나는 취기와 더러움 속에서, 마비와 상실 속에서 산 것이 아닐까? 마침내 새로운 인생의 충동으로써 정반대의 것, 정결함에의 욕구, 성스러움에의 동경이 내 마음속에서 살아날 때까지?

그렇게 계속 기억을 따라갔다. 벌써 오래전에 밤이 되었고 바깥에는 비가 내리고 있었다. 내 기억 속에서도 빗소리가 들렸다. 그것은 마로니에 나무 밑, 그가 프란츠 크로머 때문에 나한테 캐묻고 내 첫 비밀들을 알아맞혔던 때였다. 하나하나가 나타났다. 학교 길에서의 대화, 견진성사 수업시간들 그리고 막스 데미안과의 마지막 만남이 떠올랐다. 거기서는 무엇이 문제였을까? 얼른 대답이 떠오르지 않았다. 천천히 생각했다. 그 생각에 완전히 침잠했다. 그런데 이제 다시 떠오른다. 우리는 우리 집 앞에 서 있었다. 그가 나에게 카인에 대한 자신의 의견을 알려준 뒤였다. 거기서 그는 우리 집 현관문 위에 붙어 있는, 밑에서부터 위쪽으로 넓어지는 마감석 속에 새겨진, 오래되어 마모된 문장에 대해서 말했다. 그는 말했다. 그 문장이 흥미롭다고, 그런 것들에 유의해야 한다고.

그날 밤 나는 데미안과 문장이 나오는 꿈을 꾸었다. 문장은 끊임없이 모습이 바뀌었다. 데미안이 그것을 두 손에 들고 있었다. 작고 회색인가 하면, 거대하고 여러 색깔이다. 그러나 데미안은 이것이 언제나 똑같은 것이라고 설명한다. 마침내 그는 나에게 억지로 문장을 먹였다. 그것을 삼키자, 삼킨 문장이 내 속에 살아 있어, 나를 다 채우고 안에서부터 나를 파먹어 나가는 것이 느껴져 나는 엄청나게 놀랐다. 죽음의 두려움에 가득 차 펄쩍 뛰어 일어나며 잠에서 깨었다.

잠이 완전히 달아났다. 한밤중이었다. 방 안으로 비가 들이치는 소리가 들렸다. 나는 창문을 닫으려고 일어났다. 그러다 방바닥에 떨어져 있는 무언가 환한 섯을 밟았다. 아침에 보니 그것은 내가 그린 그림이었다. 그림은 축축해져서 방바닥에 놓여 있었고 불룩하게 뒤틀려 있었다. 마르라고 그림을 압지 사이에 끼워 무거운 책 속에 펴 넣었다. 다음 날 다시 찾아보니 마르긴 했지만 그림이 달라져 있었다. 붉은 입이 바래지면서 약간 좁아져 있었다. 이제 완전히 데미안의 입이었다.

새 종이에 문장의 새를 그리기 시작했다. 새가 원래 어떤 모습이었는지 똑똑히 알 수 없었고 몇 가지는, 내가 아는 바로는, 가까이서도 잘 알아볼 수 없기도 했다. 문장이 낡은 데다가 자주 덧칠했기 때문이었다. 그 새는 무언가의 위에 서 있거나 앉아 있었는데, 어쩌면 한 송이 꽃 아니면 광주리나 둥우리 혹은 화관 위였는지도 모른다. 거기에 더 신경 쓰지 않고, 뚜렷한 표상을 가진 것에서부터 시작했다. 명확하지 않은 욕구에 따라 나는 즉시 강한 색채로 시작했다. 새의 머리는 도화지 위에서 황금빛이었다. 기분 내키는 대로 그리다가 며칠 내로 완성했다.

그것은 날카롭고 대담한 매의 머리를 가진 한 마리 맹금이었다. 몸 절반은 어두운 지구 땅덩이 속에 박혀 있는데, 커다란 알에서부터인 듯 땅덩이에서 나오려고 푸른 하늘 바탕 위에서 애쓰고 있었다. 그림을 물끄러미 바라보고 있자니, 점점 더, 마치 내 꿈속에서 나타났던 색깔 있는 문장인 것 같았다.

데미안에게 편지 쓰는 일은 나로서는 불가능했던 것 같다. 설령 어디로 보내야 하는지 알았더라도 말이다. 내가 매사를 처리했던 방식처럼 꿈같은 예감에 사로잡혀, 그림이 그에게 닿든 안 닿든 간에 매를 그린 그림을 보내기로 결정했다. 겉봉에는 아무것도 쓰지 않았다. 내 이름도 쓰지 않았다. 가장자리를 조심스럽게 잘랐고, 커다란 종이봉투를 사서 그 위에 내 친구의 예전 주소를 적었다. 그러고는 보냈다.

시험이 다가오고 있었고 나는 여느 때보다 더 학업을 위해 공부해야만 했다. 형편없는 방황을 갑자기 청산하고부터 선생님들이 너그럽게도 나를 다시 받아들이셨다. 나는 훌륭한 학생은 아니겠지만, 나나 다른 누구나, 반년 전에 벌로 내려졌던 정학 처분이 있음직한 일이었다는 생각은 하지 않게 되었다.

아버지는 비난도 위협도 없이 다시 전 같은 어조로 편지를 쓰셨다. 그렇지만 나는, 아버지에게나 다른 누구에게 나에게 일어난 변화를 설명할 필요를 느끼지 않았다. 이 변화가 우리 부모님과 선생님들의 소망과 일치한 것은 우연이었다. 이 변화는 나를 다른 사람들에게로 데려간 것이 아니었다. 나를 그 누구에게도 접근시키지 않고 오직 더 고독하게 만들었다. 그것은 그 어딘가를 목표로 삼고 있었다. 데미안을, 먼 운명을, 스스로는 몰랐다. 그 한가운데에 있었잖은가.

베아트리체로 일은 시작되었으나, 얼마 전부터 나는 그림을 그리고 데미안에 대한 생각들과 더불어 살고 있었다. 얼마나 완벽하게 비현실적인 세계에서 살고 있었는지, 베아트리체마저 생각에서

까마득히 사라졌다. 내 꿈들, 기대들, 내면의 극심한 변화에 대해
나는 누구에게도 말 한마디 할 수 없었던 것 같다. 설령 그렇게 하
고자 했더라도 못했을 것이다.

어떻게 내가 그걸 바랄 수 있었겠는가?

5

새는 알에서 나오려고 투쟁한다

내가 그린 꿈속의 새는 내 친구를 찾아 날아가고 있었다. 그리고 아주 놀라운 방식으로 나에게 답장이 왔다.

한번은 쉬는 시간이 끝난 뒤 다음 수업이 시작되기 전에 쪽지 하나가 내 책에 꽂혀 있는 걸 발견했다. 그것은 반 학생들이 수업시간 중에 몰래 서로 쪽지를 보낼 때 접는 것과 똑같이 접혀 있었다. 누가 나한테 쪽지를 보냈을까? 나는 어떤 학우와도 그런 식으로 사귀는 사이가 아니었다. 나야 끼지 않을 테지만, 그냥 학생다운 장난을 하자는 것이겠거니 하고 쪽지를 읽지도 않은 채 책 앞쪽에 끼워 넣었다. 수업 도중에 우연히 그 쪽지가 다시 손에 들어왔다.

종이를 만지작거리다 아무 생각 없이 펴게 되었는데 그 안에 몇 미디 말이 적혀 있었다. 그 위로 시선을 한번 던지고는 말 하나에

사로잡혀버렸다. 놀라서 곧장 읽었다. 그사이 내 가슴은 운명 앞에서, 큰 추위가 닥친 때처럼 오그라들었다.

'새는 알에서 나오려고 투쟁한다. 알은 세계다. 태어나려는 자는 하나의 세계를 깨뜨려야한다. 새는 신에게로 날아간다. 신의 이름은 아브락사스.'

이 글을 몇 번이나 읽고는 깊은 생각에 빠졌다. 어떤 의심도 불가능했다. 이건 데미안이 보낸 답장이었다. 나와 그 말고 그 새에 대해 아는 사람이 있을 수 없었다. 내 그림을 그가 받은 것이다. 그는 이해했고 내가 해석을 도운 것이다. 이 모든 것이 무슨 관련이 있단 말인가? 무엇보다 나를 괴롭힌 것은 아브락사스란 무엇인가였다. 들어본 적도 읽어본 적도 없는 말이었다. '신의 이름은 아브락사스.'

수업에 집중하지 못한 채 그 시간이 갔다. 다음 시간이 시작되었다. 오전의 마지막 수업이었다. 그 시간은 젊은 보조 선생님 담당이었다. 대학을 갓 졸업했는데, 젊다는 것 그리고 우리에게 거짓 품위를 보이려 들지 않았다는 것만으로도 벌써 우리의 호감을 산 분이었다.

우리는 그 폴렌 선생의 지도로 헤로도토스를 읽고 있었다. 이 강독은 내가 흥미를 느낀 몇 안 되는 과목의 하나였다. 이번에는 정신이 딴 데 팔려 있었다. 기계적으로 책을 폈지만 번역을 따라가지 않고 내 생각에 빠져 있었다. 나는 데미안이 종교 수업시간에 말했던 것이 얼마나 옳은지 이미 몇 차례 경험을 통해 알고 있었다. 사람이 강렬하게 소망하는 것, 그것은 정말 이루어졌다. 수업 중에 내가 아주 강렬하게 생각에 열중하고 있으면, 선생님도 나를 그냥 내버려

둘 만큼 열중해 있으면, 나는 조용히 있을 수 있었다. 그렇다. 산만하거나 졸고 있을 때는 선생님이 갑자기 거기 와 계셨다. 여느 때처럼 나도 겪던 일이다. 그러나 정말 생각에 침잠해 있을 때, 그럴 때는 지켜졌다. 뚫어질 듯 바라보는 일은 나도 시험해보았고 믿을 만한 것임을 체험했다. 데미안과 만나던 시절에는 되질 않았는데, 이제는 자주, 시선과 생각으로 아주 많은 것을 성취할 수 있었다.

그때도 나는 그렇게 앉아 헤로도토스로부터, 학교로부터 멀리 떨어져 있었다. 나도 모르는 사이에 선생님의 목소리가 번개처럼 내 의식을 치고 들어왔다. 화들짝 깨어났다. 선생님의 목소리가 들렸다. 내 곁에 바짝 다가와 서 계셨다. 내 이름을 부르신 줄 알았는데 선생님은 나를 보지 않았고 나는 안도의 숨을 내쉬었다.

그때 선생님이 목소리가 다시 들렸다. 그 목소리는 커다랗고 '아브락사스'라는 말을 하고 있었다.

처음 부분은 듣지 못했는데 폴렌 선생은 계속 설명하고 있었다.

"우리는 종파의 세계관과 고대의 신비주의적인 일을, 합리주의적인 입장에서 보듯이 그렇게 단순하게 상상해서는 안 됩니다. 오늘날 우리가 말하는 의미의 학문이란 고대에는 존재하지도 않았습니다. 그 대신 고도로 발달된, 철학과 신비주의적 진실을 다루는 연구가 있었습니다. 거기에서 부분적으로는, 사기와 범죄로도 이어지는 주술과 게임도 나왔습니다. 사람들은 아브락사스를 그리스의 주문과 연관지어 생각합니다. 오늘날도 미개 민족들이 섬기는 마술을 부리는 악마의 이름쯤으로 생각합니다. 그러나 아브락사스는 훨씬 더 많은 이미를 가지고 있는 것 같습니다. 우리는 그 이름을 신적인 것과 악마적인 것을 결합시키는 상징적 과제를 지닌 어떤 신성의 이름쯤으로 생각할 수 있겠습니다."

그 조그만, 학식 많은 분은 섬세하고도 열정적으로 설명했지만 주목하는 사람은 아무도 없었다. 아브락사스라는 이름이 더 이상 나오지 않자 내 주의력도 다시 내부로 가라앉았다.

'신성과 악마성을 결합한다'는 말의 여운이 귀에 남아 있었다. 여기서 나는 연결시킬 수 있었다. 그 말은 우리 우정의 마지막 시절에 데미안과 나누었던 대화에서 친숙한 것이었다. 데미안은 말했다. 우리는 아마도 우리가 존경하는 신 하나를 가지고 있겠지만, 그는 함부로 갈라놓은 세계의 절반만 나타낸다고, (그것은 공식적이고 허용된 '환한' 세계였다) 그러나 세계 전체를 존중할 수 있어야 한다고, 그러니까 악마이기도 한 신 하나를 갖든지, 아니면 신에 대한 예배와 더불어 악마에 대한 예배도 필요하다는 것이다. 그러니까 아브락사스는 신이기도 하고 악마이기도 했다.

한동안 나는 열성적으로 계속 그 자취를 찾았지만 진전은 없었다. 아브락사스를 찾아 온 도서관을 뒤졌지만 기껏해야 손에 든 돌덩이 하나 같은 진실을 찾아내는 식이어서 의식적인 탐구에 깊이 열중하지는 못했다.

그토록 열렬히 열중했던 베아트리체의 영상이 이제 서서히 가라앉았다. 아니면 오히려 천천히 나로부터 떠나갔다. 점점 더 지평선에 접근하면서, 더 그림자 같고, 더 멀어지고, 더 빛바래 갔다. 이제는 영혼을 충족시키지 못했다.

자신 속에 틀어박혀 몽유병자처럼 살아온 나의 생활 속에 새로운 것이 형성되기 시작했다. 삶에의 동경, 아니 그보다는 사랑에의 동경이 내 안에서 꽃피었다. 한동안 베아트리체 숭배를 통해 해소될 수 있었던 성욕이 새로운 영상과 목표를 요구하고 있었다. 여전히 그 어떤 성취도 이루지 못했다. 동경을 기만하고 친구들이 행복을 찾는 그런 소녀들로부터 무엇인가를 기대하는 것은 나로서는 그 어느 때보다 불가능했다. 나는 다시 심하게 꿈을 꾸었다. 그것도 밤보다 낮에 더 많이. 상상과 영상 혹은 소망들이, 내 안에서 솟아올라 나를 바깥세계로부터 분리시켰다. 현실의 환경보다 마음속의 영상과 꿈들 혹은 그림자들과 더 생생하게 교류하며 살았다.

특정한 꿈, 거듭되는 환상의 유희 하나가 극히 중요해졌다. 이 꿈, 내 인생에서 가장 중요하고 가장 불길한 꿈은 대략 이랬다. 내가 부모님 댁으로 돌아간다. 현관문 위에는 문장의 새가 푸른 바탕 위에서 노란 빛을 내고 있다. 집에서는 어머니가 나를 향해 오신다. 내가 들어서면서 어머니를 포옹할 때, 그는 어머니가 아니라 한 번도 본 적 없는 인물이었다. 키가 크고 힘이 있는 인물, 막스 데미안이나 내가 그린 그림과 비슷하면서도 또 달랐다. 힘이 있는데도 완전히 여성적이었다. 이 인물이 나를 자기에게로 끌어당겨 전율을 일으킬 만큼 깊은 사랑의 포옹을 했다. 희열과 오싹함이 뒤섞였다. 그 포옹은 예배였고 또 그만큼 범죄였다. 나를 포옹한 인물 속에는 어머니에 대한 많은 추억, 내 친구 데미안에 대한 다양한 추억이 유령처럼 서려 있었다. 그 인물의 포옹은 모든 경외심을 배척했음에도 축복이 치열이었다. 나는 가주 깊은 행복감과 두려움과 걱정된 양심의 가책을 느끼며, 무서운 죄악에서 벗어나듯 이 꿈에서 깨어났다.

내적인 영상과 이제부터 찾아가야 할 신에 대해 외부로부터 온 암시 사이에 서서히 그리고 무의식적으로 하나의 관련성이 생겨났다. 이 결합은 그 후 더 내밀해졌는데 바로 이 예감의 꿈속에서 내가 아브락사스를 불렀음을 느꼈다. 환희와 공포, 남자와 여자가 뒤섞이고, 지고와 추악이 뒤얽힌, 온화한 순진함 때문에 흠칫 놀라는 깊은 죄악, 이토록 뜨거운 것이 나의 사랑의 꿈의 모습이었고 또한 아브락사스의 모습이었다. 사랑은 이제 더 이상 처음에 느꼈던 동물적이고 어두운 충동이 아니었다. 그것은 또한 더 이상 내가 베아트리체의 영상에 바친 것 같은 경건하며 정신적인 숭배의 감정도 아니었다. 사랑은 그 둘 다였다. 둘 다면서 그 이상이었다. 사랑은 천사상이며 사탄이고, 남자와 여자가 하나였고, 인간과 동물, 지고의 선이자 극단적 악이었다. 이 양극단을 살아가는 것이 내게 운명처럼 보였다. 이것을 맛보는 것이 내 운명 같았다. 나는 운명을 동경하면서도 두려워했는데, 운명은 늘 거기에 있었다. 언제나 내 위에 존재하고 있었다.

이듬해 봄, 나는 김나지움을 떠나 대학으로 가게 되었다. 아직 어디서 뭘 해야 할지 몰랐다. 나는 코 밑에 수염이 자라는 성인이었다. 그렇지만 영 무력했고 목표가 없었다. 단 한 가지, 내 속의 목소리, 그 꿈의 영상만이 확실했다. 그 영상을 맹목적으로 따라가야 한다는 임무를 느꼈지만 어려워 보였다. 그리고 날마다 나는 반항했다. 내가 돌았다고 때때로 생각했다. 어쩌면 내가 다른 사람들과 같지 않은 걸까? 그러나 다른 사람들이 해내는 걸 나도 모두 할 수 있었다. 열심히 애쓰면 플라톤을 읽을 수 있었고, 삼각법 과제를 풀거나 화학 분석도 따라 갈 수 있었다.

단 한 가지만 나는 할 수 없었다. 내 안에 숨겨진 목표를 끌어내어 내 앞 어딘가에 그려 내는 일, 즉 교수나 판사, 의사나 예술가가 될 것이며, 그러자면 얼마나 걸리고, 그것이 어떤 장점을 가졌는지 정확히 아는 다른 사람들처럼 그려 내는 일, 그것은 할 수 없었다. 언젠가는 나도 그런 무엇이 될지도 모르지만, 어떻게 내가 그걸 안단 말인가. 어쩌면 나도 찾고 또 찾아야겠지. 여러 해를, 그러고는 아무것도 되지 않고 어떤 목표에도 이르지 못하겠지. 어쩌면 나도 하나의 목표에 이르겠지만 그것은 악하고, 위험하고, 무서운 것일지도 모른다.

나는 오직 내 속에서 솟아나오는 인생을 살아가려고 했을 뿐이다. 그것이 왜 그토록 어려웠던가?

자주 꿈에서 본 강렬한 사랑의 영상을 그려 보려고 했지만 한 번도 성공하지 못했다. 성공했더라면, 나는 그 그림을 데미안에게 보냈을 텐데. 그는 어디 있는 걸까? 나는 알지 못했다. 내가 아는 건 오직 그와 내가 결합되어 있다는 것뿐. 언제 그를 다시 볼 수 있을까?

베아트리체 시절의 저 몇 주일, 몇 달의 다정한 안정이 오래전에 사라졌다. 그때는 하나의 섬에 도달해 평화를 얻었다고 나는 생각했다. 늘 그랬다. 하나의 상태가 좋아지자마자, 하나의 꿈이 편안해지마자자, 그것은 어느새 시들고 흐려졌다. 부질없다. 그 뒷모습을 보며 탄식함은! 나는 이제 가라앉지 않은 욕망, 팽팽한 기대의 불길 속에서 살고 있었다. 그것은 자주 나를 난폭하고 미치게 했다. 꿈속의 연인이 살아 있는 연인의 모습보다 더 생생하게 눈앞에 보였다. 내 손보다 훨씬 더 또렷하게, 나는 그 영상과 더불어 대화했고, 그 앞에서 울었고, 거기서부터 도피했다. 나는 그것을 어머니라고 부르고 그 앞에서 눈물 흘리며 무릎을 꿇었다. 연인이라고 불렀고 모든 것을 이루어 주는 그 성숙한 입맞춤을 예감했다. 그것을 악마나 창녀, 흡혈귀나 살인자라고 부르면, 그 영상은 더할 나위 없이 애정 어린 사랑의 꿈으로 파렴치한 음탕함으로 나를 유혹했다. 그 사랑의 자태에는 지나치게 선한 것도 고귀한 것도 없었으며, 또 지나치게 나쁜 것도 비속한 것도 없었다.

겨울 내내 나는 설명하기 어려운 내면의 폭풍 속에서 보냈다. 오래전부터 고독에는 익숙해 있어서 그것은 나를 짓누르지 않았다. 나는 데미안과 새와 내 운명이자 연인이었던 위대한 꿈속의 환상과 함께 살았다. 그 안에서 살기에 충분했다. 왜냐하면 모든 것이 위대하고 넓은 세계를 향해 있으며, 모든 것이 아브락사스를 가리키고 있었기 때문이다.

그러나 이 꿈들 중 어느 것도 내게 복종하지 않았고 어느 것도 내가 부를 수는 없었다. 오히려 그것들이 와서 나를 가졌다. 나는 꿈들의 다스림을 받으며 그것들에 의해 살았다.

겉보기에는 내가 아마 안정되어 있었을 것이다. 나는 사람을 두려워하지는 않았다. 내 학우들도 내게 은연중에 존경을 보내어 자주 나의 미소를 자아냈다. 원한다면 S는 그들 대부분을 꿰뚫어볼 수 있었고 이따금씩 그들을 깜짝 놀라게 할 수 있었다. 내게는 그러고 싶은 마음이 드물게 생기거나 전혀 생기지 않았다.

나는 늘 나에게 열중해 있었다. 온전히 나 자신에게. 마침내 내 인생의 한 토막을 살아보기를, 나에게서 나온 무엇인가를 세계에다 주기를, 세계와 관계를 가지고 싸움을 벌이게 되기를 열렬히 갈망했다. 저녁에 거리를 걸을 때, 초조한 나머지 자정까지도 귀가할 수 없을 때, 그럴 때 나는 생각했다. 지금, 바로 지금 틀림없이 나의 연인이 내게로 오고 있을 거라고. 다음 모퉁이를 지나고 있을 거라고. 그 모든 것이 때로는 견딜 수 없이 고통스러워 죽어버릴 작정도 했었다.

당시에 나는 '우연히' 특이한 도피처를 찾아냈다. 그러나 우연이란 존재하지 않는다. 무언가를 절실히 원하는 사람이 자신에게 정말로 필요한 것을 찾아내면, 그것은 우연이 아니라 그 자신의 욕구와 필요가 그를 거기로 인도한 것이다.

두세 번 시내를 오가는 길에 자그마한 교회의 오르간 연주 소리를 들었다. 거기 머물지는 않았다. 다음번에 지나갈 때 그 소리를 또 들었는데 바흐의 곡이었다. 나는 문으로 다가갔다. 문은 잠겨 있었다. 사람이 없는 교회 옆 방충석防衝石에 앉아, 외투 깃을 세우고는 귀 기울였다. 크지는 않지만 그래도 좋은 오르간이었다. 그런데 연주가 놀라웠다. 의지와 끈기가 드러난 개성적인 표현은 마치 기도처럼 울려나왔다. 저기서 연주하는 사람은 이 음악 안에 보물이 숨겨 있다는 것을 안다. 그래서 자신의 생명을 얻듯 이 보물을 얻어내려고 구하고, 가슴 뛰고, 애쓰고 있다고. 음악적 기교는 잔 몰라도, 이런 영혼의 표현은 어린 시절부터 본능적으로 이해했기 때문에 음악적 메시지는 마음속에서 뭔가 자명하게 느껴졌다.

음악가는 곧이어 현대음악도 연주했다. 레거의 곡인 것 같았다. 교회는 완전히 어두웠다. 아주 엷은 빛줄기 하나가 바로 옆 창문을 뚫고 들어와 있었다. 나는 음악이 끝날 때까지 기다렸다. 이리저리 거닐고 있자니 마침내 오르간 연주자가 나오는 것이 보였다. 나이는 좀 들었어도 아직 젊은 사람이었다. 체격이 다부지고 땅딸막했는데, 힘차면서도 내키지 않는 듯한 걸음으로 급히 그곳을 떠났다.

그때부터 나는 저녁이면 그 교회 앞에 앉아 있거나 왔다 갔다 했다. 한번은 문이 열려 있는 것이 보였다. 오르간 연주자가 높은 곳에 매달린 빈약한 가스등 불빛 아래서 연주하는 동안, 나는 30분쯤 떨면서도 행복하게 교회 회중석에 앉아 있었다. 그가 연주하는 음악에서 나는 그 자신의 소리만을 들은 것이 아니었다. 그가 연주하는 모든 것이 서로 밀접한 관계를 맺고 있는 듯했다. 은밀한 연관이 있는 것 같았다. 그가 연주하는 모든 것에 신앙심이 담겨 있었다. 헌신적이고 경건했다. 교회 가는 성도나 목사처럼 경건한 것이 아니라 중세의 걸인 순례자처럼 경건했다. 모든 종파를 초월한 감정에 온전히 헌신하는 듯 경건했다. 바흐 이전의 대가들 그리고 옛 이탈리아인들의 음악이 노련하게 연주되었다. 모든 연주곡들이 한결같이 같은 말을 하고 있었다. 모두 그 음악가의 영혼 속에 담긴 것을 들려주고 있었다. 그리움, 더없이 열렬한 세계의 포착, 세계와의 가장 난폭한 재결별, 자신의 어두운 영혼에 대한 절실한 귀 기울임, 헌신에의 도취와 경이로움에 대한 깊은 호기심을.

한번은 교회에서 나오는 오르간 연주자를 몰래 따라갔다. 그는 도시 외곽의 작은 선술집으로 들어갔고 나는 이끌리듯 뒤따라갔다. 거기서 처음으로 그의 모습을 똑똑하게 보았다. 한구석에 있는 테이블에, 머리에는 까만 펠트 모자를 쓰고 포도주 한 잔을 앞에 놓은 채 그는 앉아 있었다. 그의 얼굴은 내가 기대했던 것과 같았다. 못생겼고, 약간 거칠었으며, 탐색적이고, 완고하고, 고집스럽고, 의지에 차 있었다. 그러면서도 입 주위는 부드럽고 어린아이 같았다. 남성다운 강함은 모두 눈과 이마에 모여 있었다. 얼굴의 아랫부분은 여리고 미완성이었다. 자제되지 않고 부분적으로는 약간 약했다. 우유부단함이 여실히 보이는 턱은 이마나 시선과는 대조적으로 소년다웠다. 자부심과 적의에 찬, 짙은 갈색 눈이 호감을 주었다.

말없이 나는 그 맞은편에 앉았다. 술집에는 아무도 없었다. 마치 쫓아버리려는 듯이 그는 나를 쏘아보았다. 나는 버텨냈고 그가 우악스럽게 툴툴거릴 때까지 눈을 떼지 않고 그를 바라보았다. "대체 무엇 때문에 그렇게 빌어먹게 쏘아본단 말이요. 나한테 뭐 원하는 거라도 있소?"

"선생님한테 원하는 건 없습니다." 내가 말했다. "벌써 선생에 대해 많은 것을 알고 있는데요."

그가 이마를 찌푸렸다.

"그래, 음악 팬이오? 음악에 얼빠지는 게 난 구역질나는데."

나는 놀랐지만 물러서지 않았다.

"벌써 선생님 음악을 들었습니다. 저 바깥 교회에서요." 내가 말했다. "아무튼 귀찮게 해 드릴 생각은 없습니다. 선생님 곁에서 뭘 찾아낼지도 모른다고 생각했지요. 뭔가 특별한 것, 뭔지는 잘 모르겠지만요. 선생님께서는 제 말을 전혀 듣고 싶지 않은 것 같군요! 저는 선생님께 귀 기울이는데요. 교회에서 말입니다."

"난 언제나 문을 잠그는데."

"최근에 그걸 잊어버리셨습니다. 저는 안에 앉아 있었고요. 보통 때는 바 끝에 서 있거나 방청석 위에 앉아 있습니다."

"그래요? 다음번에는 들어오시구려. 안은 한결 따뜻하오. 그럴 때는 그냥 문을 노크하시오. 노크는 힘차게 해야 해요. 내가 연주하는 동안은 하지 말고. 자, 시작합시다. 무슨 말을 하려 했소? 아주 젊은 사람이로군. 아마 학생이거나 대학생이겠군. 음악가요?"

"아뇨. 음악을 즐겨 듣습니다. 그냥 선생님이 연주하시는 것 같은, 아주 절대적인 음악을요. 한 인간이 천국과 지옥을 흔들고 있다고 느껴지는 그런 음악이요. 음악이 몹시 좋아요. 음악은 별로 도덕적이 아니라고 생각합니다. 다른 모든 것은 도덕적이지요. 저는 도덕적이지 않은 무언가를 찾고 있습니다. 도덕적인 것에 늘 시달렸거든요. 정확히 표현할 수가 없는데요. 아시죠? 신이면서 동시에 악마인 신이 틀림없이 있다는 것? 그런 신이 있었다지요. 그런 이야길 전에 들었습니다."

음악가는 넓은 모자를 약간 뒤로 젖히고 넓은 이마를 흔들어 검은 머리카락을 쓸어내렸다. 그러고는 나를 꿰뚫듯 바라보며 테이블 너머로 얼굴을 숙였다.

나직하면서도 호기심에 찬 목소리로 그가 물었다. "조금 전에 말한 신의 이름이 뭐요?"

"유감스럽게도 신에 대해서는 거의 모릅니다. 이름밖에 몰라요. 그 이름은 아브락사스입니다."

음악가는 미덥지 않다는 듯 주위를 둘러보았다. 누군가가 우리를 엿듣기라도 하듯이. 그러더니 내게 다가와 속삭이듯 말했다. "그러려니 했소. 당신은 누구요?"

"저는 김나지움 학생입니다."

"아브락사스는 어디서 알았고?"

"우연히 알았습니다."

그는 테이블을 쳤다. 술이 잔에서 넘쳤다.

"우연이라고! …… 택도 없는 소리 하지 말라고, 이 사람아! 아브락사스는 우연히 알게 되는 게 아니야. 알아두게. 아브락사스에 대해 더 이야기를 할 테니. 난 아브락사스에 대해 좀 알거든!"

그가 입을 다물고 자기가 앉은 의자를 뒤로 밀었다. 잔뜩 기대에 차서 그를 바라보고 있는데, 그는 얼굴을 찌푸렸다.

"여기서는 아니고! 다음번에. 그때 들으시오!"

그는 벗어놓은 외투 호주머니를 뒤지더니 군밤 몇 개를 꺼내어 내게로 던졌다.

나는 아무 말도 하지 않고 그것을 받아서 먹었고 매우 만족했다.

"그러니깐!" 그가 한참 뒤에 나직이 말했다.

"어디서 알았소. 그에 대해서?"

나는 망설이지 않고 말했다.

"저는 혼자였고 어쩔 줄 모르고 있었습니다." 나는 이야기를 시작했다. "그때 예전의 친구 하나가 떠올랐습니다. 아는 게 많다고 생각했던 친굽니다. 무언가를, 새 한 마리를 그려 놓았거든요. 지구를 뚫고 나오려는 새였습니다. 그 그림을 그에게 다시 보냈습니다. 얼마 뒤, 답장을 받으리라고 기대도 안 하게 되었을 때쯤, 쪽지 하나를 받았는데, 거기에 이렇게 적혀 있었습니다. '새는 알에서 나오려고 투쟁한다. 알은 세계다. 태어나려는 자는 한 세계를 깨뜨려야 한다. 새는 신에게로 날아간다. 그 신의 이름은 아브락사스'라고요."

"한 잔 더 할까?" 그가 물었다.

"괜찮습니다. 술을 좋아하지 않아요."

그는 다소 실망하면서 웃었다.

"좋으실 대로! 난 술을 좋아하지. 나는 여기 좀 더 있을 테니 먼저 가보시오!"

다음번 오르간 음악이 끝난 뒤 그와 함께 걸었을 때, 그는 별로 이야기하려고 하지 않았다. 그는 나를 어느 오래된 골목 안, 낡았지만 위풍 있는 집의 위층으로 인도해 올라갔다. 커다랗고 다소 황량하고 보잘것없는 방으로. 거기에는 피아노 한 대 외에는 음악과 관련된 것이 없었다. 커다란 책장과 책상이 있어 학자의 방 같은 분위기를 풍겼다.

"책이 참 많군요!" 나는 감탄해서 말했다.

"그 일부는 우리 아버지 장서요. 아버지 댁에서 살거든. 그래, 젊은이, 나는 부모님의 집에 살아. 그러나 자네를 부모님께 소개할 수는 없어. 나의 교우 관계가 집안에서는 존중을 못 받거든. 나는 버려진 자식이오, 아시겠지. 아버지는 빌어먹게 존경할 만한 분이지. 이 도시에서 유명한 신부님이고 설교자니까. 나는, 확실히 알아두게 말하자면, 그분의 재능 있고 장래가 촉망되는 아드님이고. 그러나 궤도를 벗어나 살짝 돌아버린 아들이지. 신학생이었는데 국가시험 직전에 그놈의 답답한 대학을 그만뒀소. 사실 개인적인 연구로 따지면 나는 아직도 신학도인데 말이오. 때에 따라 사람들이 어떤 신을 그때그때 생각해냈을까? 그것이 내게 늘 가장 중요한 관심사였소. 지금은 음악가로서 곧 오르간 연주자 자리를 하나 얻게 될 것 같소. 그러면 나도 다시 교회로 돌아가게 되는 거지."

나는 꽂힌 책들을 작은 스탠드의 약한 불빛이 밝혀주는 데까지 쭉 살펴보았다. 그리스어, 라틴어, 히브리어 책 제목들이 보였다. 그 사이 그는 캄캄한 방바닥에 엎드려 뭔가를 하고 있었다.

"이리 와 보시오." 그가 한참 뒤에 말했다.

"우리 철학 좀 해봅시다. 철학한다는 건 '입 다물고 배 깔고 엎드려 생각하기'라고 하오."

그는 성냥을 켜서 앞에 있던 벽난로 속의 종이와 장작에 불을 붙였다. 불꽃이 높이 솟았다. 그는 조심스럽게 불을 쑤석였다. 나는 낡아서 올이 풀린 양탄자 위에 드러누웠다. 그는 불을 응시했다. 불은 내 마음도 끌어당겼다. 우리는 말없이 아마 한 시간은 배를 깔고 타닥거리는 장작불 앞에 엎드려, 불길이 활활 타올랐다가 가라앉아 휘어지고 가물거리고 움칫거리다 마침내는 사그라지는, 조용한 화염의 잦아드는 모습을 바라보았다.

"불을 숭배하는 배화교는 인간이 창안해낸 것 중에 그리 어리석은 짓은 아니었어."

그는 혼자서 웅얼거렸다. 그리고는 둘 다 말이 없었다. 골이긴 눈으로 불을 응시하며 꿈과 정적 속으로 침잠하면서 연기와 재 속에서 어른거리는 영상들을 보았다. 한번은 내가 화들짝 놀랐다. 그가 이글거리는 불 속으로 송진을 조금 던졌다. 조그맣고 날렵한 불꽃이 솟았다. 그 속에서 나는 노란색 매 머리를 가진 그 새를 보았다. 꺼져 가는 난롯불이 황금빛으로 작열하는 실가락을 한데 모아 그물로 만들었다. 문자와 영상들이 나타났다. 얼굴들, 동물들, 식물들, 벌레와 뱀에 대한 추억들이 나타났다. 문득 정신이 들어 상대방을 바라보자 그는 턱을 두 주먹 위에 놓은 채 신들린 듯 재 속을 응시하고 있었다.

"이제 가야겠는데요." 내가 나직이 말했다.

"그럼, 가시오, 또 봅시다."

그는 일어나지 않았다. 등불이 꺼진 어두운 방과 복도와 계단을 가까스로 지나 저주 받은 낡은 집을 더듬어 나왔다. 거리에서 멈춰서서 그 집을 쳐다보았다. 어느 창에도 불빛이 없었다. 주석으로 만든 작은 문패가 문 앞의 가스등 불빛 속에서 반짝였다.

'수석 신부 피스토리우스'라고 적혀 있었다.

집에 와 저녁을 먹고 혼자 내 방에 앉아 있을 때 비로소 내가 아브락사스에 대해서도, 피스토리우스에 대해서도 아무것도 듣지 못했으며 우리가 주고받은 말이 열 마디도 안 된다는 생각이 들었다. 그러나 그 집을 찾아갔던 것은 만족스러웠다. 그는 다음번에 오래되고 가장 뛰어난 오르간 작품인 북스테후데의 '파사칼리아'를 들려주겠다고 약속했다.

나는 몰랐지만, 그와 함께 침울한 방바닥에 누워 있던 그때 오르간 연주자 피스토리우스는 첫 수업을 해준 것이다. 불을 들여다보고 있는 것이 기분 좋았다. 그것은 내 안에 잠재되어 있었지만 제대로 돌본 적 없었던 내면의 성향들을 강화하고 확인시켜 주었다. 점차 나는 부분적으로나마 그 일에 대해 분명해졌다.

어린아이였을 때부터 기괴한 형태를 가진 자연물을 바라보는 버릇이 있었다. 그냥 관찰하는 것이 아니라, 자연 특유의 마법과 그 불분명하고 깊은 언어에 몰두하는 정도였다. 길고 속이 뻣뻣해진 나무뿌리들, 암석에 색채가 있는 무늬, 물 위에 떠 있는 기름 자국, 유리에 난 균열—그런 것들이 내게는 커다란 매력으로 여겨졌다. 물과 불, 연기, 구름, 먼지, 눈을 감으면 보이는 빙빙 돌아가는 빛깔의 얼룩들이 특히 그랬다.

내가 피스토리우스의 집을 처음 찾아간 뒤 며칠 동안 그런 생각들이 다시 떠올랐다. 그 이후 내가 느낀 활기와 기쁨, 고조된 감정은 불을 오래 응시한 덕분이라는 것을 알아차렸다. 불을 바라볼수록 이상하게도 기분이 좋아지면서 풍요로워지는 느낌을 받았던 것이다.

지금까지 본래 갖고 있던 인생의 목표로 가는 길에서 발견한 몇 가지 경험에 새로운 경험이 추가되었다. 즉, 그러한 형상들을 관찰하고, 비합리적이고 구불구불 불분명하고 진기한 자연의 형태들에 몰입하는 일은 마음이 이러한 형상들을 만들어내는 의지와 일치한다.—그런 형상들을 자신의 기분이거나 자신이 창조한 거라고 믿고 싶은 유혹을 느낀다. 우리와 자연 사이의 경계가 흔들리고 풀어져 버리는 것을 보며, 망막에 나타나는 형상들이 외부의 인상에서 오는 것인지 아니면 내부의 인상에서 오는 것인지 구분하기 어렵다.

우리가 나름 창조자이며, 우리 영혼이 세계의 부단한 창조에 어느 정도 참여하고 있는지를 발견하는 데는 이런 연습처럼 간단하게 발견할 수 있는 방법이 없다. 어쩌면 우리의 내면에서 활동하고 있는 신과, 자연에서 활동하고 있는 신은 나눠지지 않는, 동일한 신성일 것이다. 만약 외부의 세계가 무너진다면 누군가 그것을 재건할 수 있을 것이다. 왜냐하면 산이나 강, 나무, 잎사귀, 뿌리, 꽃 같은 자연 속에 있는 모든 형상들은 우리 내면에서 미리 그 원형이 만들어져 있으며, 그 본질은 영원하지만 우리가 그 본질을 알지 못하는 영혼으로부터 유래하는 것이기 때문이다. 그 본질은 대개 사랑의 힘과 창조력이다.

몇 해가 지나서야 나는 어느 책에서 이 관찰을 뒷받침할 만한 근거를 발견했다. 많은 사람들이 침을 뱉어놓은 담벼락을 바라보는 것이 얼마나 깊은 자극을 주는지에 대해서 언급한 레오나르도 다 빈치. 축축한 담벼락에 있는 얼굴들 앞에서 그는 피스토리우스와 내가 불 앞에서 느낀 것과 똑같은 것을 느꼈다. 우리가 다시 함께 있게 되었을 때 오르간 연주자는 설명했다.

"우리는 우리의 개성의 한계를 늘 지나치게 좁게 규정짓고 있다네! 서로 개성적인 구분을 하고 각자의 개성이 다른 사람과 다르다고 인식되는 것만 개성으로 간주하려고 하지. 누구든지 세계를 구성하는 총체적 요소로 구성되어 있지. 우리 육체가 어류에까지, 아니 훨씬 더 거슬러 올라가서 진화의 계보를 지니고 있는 것과 마찬가지로, 우리 영혼 속에도 인간의 영혼 속에서 살았던 모든 것들이 깃들어 있어. 모든 신과 악마들은, 그리스도인의 것이든, 중국인의 것이든, 아니면 줄루카피르(아프리카의 부족)의 것이든, 모두 우리 안에 가능성이나 소망, 또는 탈출구로 존재하지. 만약 전 인류가 멸망해서 교육도 받지 못하고 재능도 별로 없는 어린아이 하나만 남겨지더라도, 이 아이는 사물들이 거쳐 온 모든 과정을 다시 찾아낼 거야. 아이는 모든 신과 악마들, 천국, 계명과 금지된 제도, 구약과 신약 등 모든 것을 다시 창조해낼 수 있을 거야."

"좋습니다." 내가 이의를 제기했다.

"하지만 어디에 개인의 가치가 있겠습니까?" 우리가 모든 것을 우리 속에서 이미 완성된 상태로 가지고 있다면 왜 우리는 아직도 죽는 거지요?"

"그만!" 피스토리우스가 격렬하게 소리쳤다.

"세계를 그냥 자기 속에 지니고 있느냐 아니면 그것을 알기도 하느냐, 이게 큰 차이지. 미친 사람이 플라톤을 연상시키는 생각을 내놓을 수 있고, 헤른후트파 학교의 신앙심 깊은 학생이 영지파나 조로아스터에서 나타나는 심오한 신화적 연관을 창조적으로 생각할 수도 있어. 그러나 그들은 세계가 자기 안에 있다는 사실은 몰라. 그저 한 그루 나무거나 돌, 기껏해야 동물이지. 그 사실을 모른다면 말이야.

이런 인식의 첫 불꽃이 희미하게 밝혀질 때, 그때 그는 인간이 되지. 자네는 그렇다고 모두를, 거리를 걸어 다니는 두 발 달린 것 모두를, 그들이 똑바로 걷고 새끼를 아홉 달 뱃속에 품고 있다고 해서 인간이라고 여기지는 않겠지? 얼마나 많은 사람이 물고기거나 양, 버러지거나 거머리인 줄 알겠지. 얼마나 많은 사람이 개미거나 벌떼인지! 자, 각자에게 인간이 될 가능성이 깃들어 있지만, 그들이 그것을 예감하고 부분적으로나마 인식하기 시작할 때에야 비로소 그 가능성이 그들의 깃이 되는 거야."

우리의 대화는 대략 이런 식이었다. 완전히 새롭거나 놀라운 것이 나오는 일은 드물었다. 그러나 가장 진부한 대화도 나직하고 꾸준한 망치질로 내 마음속의 한 점을 계속 두드렸다. 모든 대화가 나의 형성에 도움이 되었다. 내 허물을 벗는 일에, 알껍데기를 부수는 일에 도움이 되었다. 대화하는 동안 부서진 세계의 껍데기를 뚫고 마침내 나의 노란색 새가 머리를 조금 더 높이, 더 자유롭게 쳐들어 그 아름다운 맹금의 머리를 불쑥 내미는 것이었다.

빈번히 우리들은 서로의 꿈을 이야기했다. 피스토리우스는 꿈풀이를 할 줄 알았다. 놀라운 예 하나가 아직도 기억에 남아 있다. 내가 날 수 있는 꿈을 꾸었다. 나는 알 수 없는 힘에 이끌려 큰 도약을 했고 대기를 가르며 공중에 내던져졌다. 이 비상의 느낌은 기운을 돋우는 것이었으나, 내가 의지도 없이 위태로운 고공을 획획 날게 되자 그것은 곧 두려움으로 변했다. 호흡을 멈추었다가 한꺼번에 힘껏 토하는 식으로 상승과 하강을 조절할 수 있다는 구원 같은 발견을 했다.

그 꿈에 대해 피스토리우스는 말했다.

"자네를 날게 만든 도약, 그것은 누구나 가지고 있는 위대한 인류의 재산이지. 그것은 모든 힘의 뿌리와 연결되어 있어. 그러나 그러면서도 곧 두려워져! 그건 빌어먹게 위험하지! 그래서 대부분의 사람들은 차라리 날기를 포기하고 법 규정에 따라 인도 위를 걷는 쪽을 택하지. 그런데 자네는 아니야. 자네는 계속 날고 있어. 유능한 젊은이에게 합당한 대로 말이야. 그리고 보게, 자넨 놀라운 것을 발견했네. 자네가 점차 그 주인이 되는 것을 말이야. 자네를 계속 낚아채는 커다랗고 알 수 없는 보편적인 힘에다가 섬세하고 작은 자기의 힘이 더해지는 것을 발견했네. 하나의 기관, 하나의 방향키 말일세! 이건 대단한 거야. 그것이 없다면 그냥 공중에 떠 있을 테지, 미친 사람들이 그러듯 말이야.

자네에게는 인도를 걷는 사람들보다 더 깊은 예감이 주어졌어. 그러나 거기에 맞는 열쇠와 방향키가 없어. 바닥없는 곳으로 쫘악 빨려들고 있지. 그러나 싱클레어, 자네는 그 일을 하고 있어! 그런데 어떠냐고? 그건 아직 모르겠지. 자네는 그것을 새로운 기관, 즉 하나의 호흡조절기를 가지고 하고 있어. 이제 자네 영혼이 근본에 있어서 얼마나 '개인적'이지 못한가를 알 수 있을 거야. 이런 조절기를 고안해낸 게 자네 영혼은 아니니까 말이야. 조절기란 새로운 게 아니야! 그것은 일종의 차용이지. 수천 년 전부터 존재했어. 그것은 물고기의 평형기관인 부레지. 실제로 상황에 따라 숨을 쉬는 허파처럼 부레를 이용하는, 진화가 덜 된 희귀한 물고기들이 오늘날에도 있지. 꿈에서 날 때 비행용 기포로 사용한 허파와 똑같이 말이야!"

그는 동물학 책까지 가져와 그 진화가 덜 된 원시 어종의 이름과 그림도 보여주었다. 내면에도 진화 단계 초기의 기능이 살아 있다는 것을 일종의 야릇한 전율과 함께 느꼈다

6

야곱의 싸움

괴짜 음악가 피스토리우스로부터 아브락사스에 대해 들은 이야기를 여기에 짧게 다시 옮길 수는 없다. 그에게서 배운 가장 중요한 것은 나 자신에게로 가는 길에 한 걸음 더 다가간 것이었다. 나는 당시 열여덟 살의 평범치 않은 젊은이였다. 수백 가지 일에서 조숙했지만 다른 수백 가지 일에서는 몹시 뒤처지고 무력했다. 때때로 다른 사람과 나를 비교하면서 자주 우쭐하고 교만했지만, 또 그만큼 자주 의기소침하고 굴욕스러워했다. 어떤 때는 나를 천재로 여겼지만 어떤 때는 반쯤 돌았다고 생각했다. 또래들의 기쁨과 생활을 같이하는 것이 잘 되질 않았고 비난과 근심으로 자신을 소모했다. 마치 내가 절망적으로 그들로부터 떨어져 있기라도 하듯이, 마치 내게 삶이 닫혀져 있기라도 하듯이.

성숙한 괴짜였던 피스토리우스는 내게 용기와 스스로에 대한 존경을 간직하는 법을 가르쳤다. 내가 한 말들, 꾼 꿈들, 환상과 생각에서 늘 가치 있는 것을 찾아내고, 그것들을 언제나 중요하게 받아들이고 진지하게 논평하면서 그는 나에게 예를 제시했다.

그가 말했다.

"나한테 말했었지. 음악을 사랑하는 건 음악이 도덕적이지 않기 때문이라고. 나야 아무래도 괜찮은 일이지. 하지만 자네 자신이 도덕주의자가 아니기도 해야지! 자기를 남과 비교해서는 안 돼. 자연이 자네를 박쥐로 만들어 놓았다면 굳이 자신을 타조로 만들려고 해서는 안 돼. 더러 자신을 특별하다고 생각하고 보통 사람들과는 다른 길을 가고 있다고 자신을 나무라지. 그런 나무람을 그만두어야 하네. 불을 들여다보게. 구름을 바라보게. 예감들이 떠오르고 자네 영혼 속에서 목소리들이 말하기 시작하거든 곧바로 자신을 그 목소리에 맡기고 묻지 말도록. 그것이 선생님이나 아버님 혹은 그 어떤 하느님의 마음에 들까 하고 말이야. 그런 물음이 자신을 망치는 거야. 그런 물음들 때문에 인도로 올라서거나 화석이 되어버리는 거지.

이봐 싱클레어, 우리의 신은 아브락사스야. 그런데 그는 신이면서 또 사탄이지. 그 안에 환한 세계와 어두운 세계를 가지고 있어. 아브락사스는 자네 생각이나 꿈 그 어느 것에도 이의를 제기하지 않아. 결코 잊지 말게. 하지만 자네가 언젠가 나무랄 데 없이 정상적인 인간이 돼버렸을 때 그때는 아브락사스가 자네를 떠나. 그때는, 가신의 사상을 담아 요리할 새로운 냄비를 찾아서 자네를 떠나는 거라네."

내 모든 꿈 가운데서 저 어두운 사랑의 꿈이 가장 끈질기게 이어지는 꿈이었다. 자주, 자주 나는 그 꿈을 꾸었다. 문장의 새 밑으로 해서 오래된 우리 집으로 늘어섰다. 어머니를 포옹하려 했는데, 어머니 대신 키 크고 절반은 남자이고 절반은 어머니인 여자를 안는 것이었다. 그녀가 무서웠는데도 불타는 욕망이 나를 그녀에게 이끌었다. 이 꿈은 내 친구에게조차 결코 말해줄 수 없었다. 다른 모든 것을 그에게 열어 보이고 나서도 이 꿈만은 간직해뒀다. 그것은 나만의 모퉁이, 나의 비밀, 피난처였다.

마음이 짓눌릴 때면 피스토리우스에게 전에 들었던 북스테후데의 파사칼리아를 연주해 달라고 청했다. 어두운 저녁, 교회 안에서 나는 그 기이하고 내밀한 음악에 몰입해서 앉아 있었다. 그 음악은 늘 기분을 좋아지게 했고 영혼의 목소리들을 인정할 준비가 되도록 도와주었다.

때로 우리는 오르간 소리가 잦아든 후에도 한동안 교회에 앉아, 희미한 빛이 뾰족한 아치형의 높은 창문을 통해 비쳐 들다가 가물가물 사라지는 모습을 바라보았다.

"우습게 들리겠지." 피스토리우스가 말했다.

"내가 한때 신학도였고 신부까지 될 뻔했다는 게 말이야. 내가 저지른 과오는 단지 형식상의 오류였을 뿐이야. 사제는 아직도 내 직업이자 목표지. 다만 난 너무 일찍 만족했고 나를 마음대로 쓰시도록 여호와에 맡겼지. 아브락사스를 알기 전이었어. 아, 어느 종교든 좋아. 종교는 영혼이야. 기독교적 성찬을 들든지 메카로 순례를 가든지 마찬가지지."

"그렇다면 사실 사제가 되실 수도 있었겠는데요." 내가 말했다.

"아니, 싱클레어. 아니야. 난 거짓말을 해야만 했어. 우리의 종교
는 마치 그것이 종교가 아닌 것처럼 훈련을 받아. 종교가 인간 오성
의 산물인 듯 취급되지. 가톨릭은 급하면 아쉬운 대로 괜찮을지도
몰라. 하지만 신교 목사, 아니! 진짜 신자들, 그런 사람 몇을 내가
알고 있는데, 그들은 성경 구절에 너무 매달리지. 그들에게 그리스
도는 나에게 인물이 아니라 하나의 영웅이나 신화라고, 엄청난 그
림자상이라고 말할 수는 없어. 그 그림자 안에서 인류는 스스로의
모습이 영원의 벽에 그려졌다는 걸 보는데 말이야. 그리고 다른 사
람들, 똑똑한 말 한마디를 들으러, 의무 하나를 완수하러, 아무것도
놓치지 않기 위해서 등의 이유로 교회에 가는 사람들, 그들에게 내
가 뭘 말할 수 있었을까? 그들을 개종시켜야 하나? 하지만 그건 전
혀 내 뜻이 아니야. 사제란 개종시키려 하지 않아. 다만 신자들 가
운데서, 자기와 비슷한 사람들 안에서 살려고 하지. 우리의 신들을
만들어내는 감정을 지지하고 표현하는 자가 되려고 할 뿐이야."

그가 말을 뚝 끊었다가 다시 계속했다.

"우리가 지금 아브락사스라는 이름으로 부르는 새 신앙은 좋은
거야. 우리가 가지고 있는 최상의 것이지. 그러나 그는 아직 젖먹이
라서 날개가 돋아나지 않았어. 아, 외로운 종교, 그건 아직 진정한
종교가 아니야. 종교는 공동의 것이 되어야 해. 예배와 도취, 축제
와 비밀 의식을 가져야 해……."

그는 생각을 하며 자기 속으로 침잠했다.

"비밀의식은 혼자나 아주 작은 범위 안에서도 행할 수 있는 것 아닌가요?"

내가 망설이며 물었다.

"할 수야 있지." 그가 고개를 끄덕였다.

"나는 벌써 오랫동안 그렇게 해오고 있어. 예배를 드렸지. 사람들이 알게 되면 그걸로 여러 해를 교도소에 박혀 있어야 할지도 모를 예배지. 알고 있어. 이 예배는 아직 옳은 것이 아니야."

갑자기 그가 내 어깨를 쳤다. 나는 움찔 몸을 오그렸다. "이봐." 그가 집요하게 말했다.

"자네도 비밀의식을 가지고 있군. 자네는 틀림없이 나한테 말하지 않은 꿈을 꿀 게야. 알 생각은 없네. 말해두겠는데, 그 꿈들을 그대로 살게. 그것을 유희하게. 그것에 제단을 세워 주게! 그것은 아직 완전하지 않지만 하나의 길이야. 우리가, 자네와 나 그리고 몇몇 다른 사람들이, 세계를 한번 새롭게 개혁하게 될지 못하게 될지 그거야 두고 봐야지. 그러나 마음속에서 우리는 그것을 날마다 새롭게 해야 하네. 그러지 않으면 우리는 아무것도 아니야.

생각해보게! 자넨 열여덟 살이네, 싱클레어. 길거리 창녀에게 달려갈 게 아니라, 사랑의 꿈과 소망을 가져야 하지. 어쩌면 그 꿈들은 자네가 무서워하는 그런 것이겠지. 무서워하지 말게! 그것들은 자네가 가진 최상의 것이니까. 나를 믿어도 되네. 나는 꿈을 많이 잃어버렸어. 자네 나이에 사랑의 꿈들을 능욕했지. 그래서는 안 되는데. 아브락사스를 알면, 더 이상 그래선 안 돼. 아무것도 무서워해선 안 되고 영혼이 마음속에서 소망하는 그 무엇도 금지해서는 안 되지."

놀라서 나는 이의를 제기했다.

"그러나 생각나는 모든 것을 행동으로 옮길 수는 없잖아요! 어떤 사람이 마음에 안 든다고 해서 죽여서는 안 되잖아요."

그가 나에게 다가왔다.

"상황에 따라서는 죽여도 돼. 다만 죽이는 건 대체로 오류지. 스쳐가는 모든 생각을 곧장 행동으로 옮기라는 게 아닐세. 다만 좋은 뜻을 가진 착상들을 몰아내고 그걸 이리저리 도덕화해서 해롭게 만들지 말라는 걸세. 자기나 다른 사람을 십자가에 못 박는 대신 장엄한 사상의 잔으로 술을 마시면서 치르는 희생의 비밀의식을 생각할 수 있지. 그것도 모두 나름의 의미가 있거든.

정말 근사한 생각이나 죄 많은 생각이 떠오르거든, 싱클레어, 누군가를 죽이거나 엄청나게 불결한 짓을 저지르고 싶거든, 한순간 생각하게. 그렇게 자네 속에서 상상의 날개를 펴는 것은 아브락사스라는 것을! 자네가 죽이고 싶어 하는 인간은 결코 아무개 씨가 아닐세. 그는 분명 하나의 위장에 불과할 뿐이지. 누구를 미워한다면, 그의 모습 속에, 바로 우리 자신 속에 들어앉아 있는 그 무엇인가를 보고 미워하는 거야. 우리 자신 속에 있지 않은 것, 그건 우리를 자극하지 않아."

피스토리우스가 가장 은밀한 부분에서 나를 완전히 명중시키는 말을 한 적은 한 번도 없었다. 나는 대답할 수 없었다. 가장 강하고 특별하게 내 마음에 와 닿았던 것은 이 위로가, 내가 여러 해 전부터 마음속에 지니고 있는 데미안의 말과 울림이 같다는 사실이었다. 피스토리우스와 데미안은 서로에 대해서 아무것도 모르는데, 둘이 내게 똑같은 말을 해준 것이다.

피스토리우스가 나직이 말했다.

"눈으로 보는 사물들은 우리의 마음속에 있는 사물들이지. 우리의 마음속에 갖고 있는 것 외에 현실이란 없어. 그래서 대부분의 사람들이 그토록 비현실적으로 사는 거지. 그들은 바깥에 있는 물상들만 현실로 생각해서 마음속에 있는 자신의 세계가 전혀 발현되지 못하게 하기 때문이야. 그러면서도 행복할 수는 있겠지. 그러나한번 다른 것을 알면, 그때부터는 대다수가 가는 길을 가겠다는 선택이란 사라지지. 싱클레어, 보통 사람들이 가는 길은 쉬워. 우리의 길은 어렵고. 그렇지만 한번 가보자고."

며칠 뒤 두 차례 그를 기다렸다가 허탕을 친 다음, 저녁 늦게 길거리에서 그와 마주쳤다. 추운 밤바람 속에서 그는 외롭게 모퉁이를 돌아 바람에 불려 왔다. 비틀거리며 완전히 취해서. 나는 그를 부르고 싶지 않았다. 그는 나를 보지 못한 채 내 곁을 스쳐 지나갔다. 마치 알 수 없는 것으로부터 오는 어두운 외침을 따르기라도 하듯 이글이글 타는, 외로운 눈으로 앞을 응시하고 있었다. 나는 한 거리쯤 그를 뒤따라갔다. 그는 보이지 않는 철사 줄에 매여 당겨지는 듯 끌려갔다. 열광적이면서도 흐트러진 걸음걸이로 마치 유령처럼. 슬퍼져서 나는 집으로, 구제받지 못한 나의 꿈들에게로 돌아왔다.

"저렇게 그는 자기 속의 세계를 새롭게 하고 있구나!" 하고 나는 생각했지만 바로 그 순간 그것은 저속하고 도덕적인 발상 같았다. 그의 꿈에 대해 내가 뭘 안단 말인가? 그는 어쩌면 그렇게 술에 취해서, 불안에 휩싸인 나보다 오히려 더 안전한 길을 갔을 것이다.

학교에서 쉬는 시간에, 한 번도 주의를 기울인 적 없던 급우 하나가 가까이 오려고 애쓰고 있는 것이 눈에 뜨였다. 허약해 보이는 가냘픈 소년으로 숱 적은 붉은 머리에 눈짓이나 태도에 특이한 점이 있었다. 어느 저녁, 그가 골목길에서 지켜보고 있다가 내가 자기를 지나치도록 놔두더니, 곧 뒤쫓아 와서 우리 집 현관 앞에 서 있는 것이었다.

"너, 나한테 무슨 할 말 있니?" 내가 물었더니 그는 수줍게 말했다.

"너하고 그냥 한번 얘기하고 싶었어. 조금만 함께 걷자."

그를 따라 걸었다. 그가 몹시 상기되고 기대감으로 가득 차 있는 것이 느껴졌다. 그의 두 손이 떨리고 있었다.

"넌 심령술 하니?" 그가 난데없이 불쑥 물었다.

"아니야. 크나우어." 내가 웃으며 말했다.

"전혀. 어떻게 그런 생각을 하게 됐니?"

"그럼 접신론 하니?"

"그것도 아니야."

"아, 그렇게 숨기지 마! 너한테 뭔가 특별한 것이 있다는 걸 느끼고 있었어. 넌 그것을 눈에 담고 있어. 네가 영들과 교류한다는 걸 믿어. 호기심에서 묻는 게 아니야, 싱클레어. 아니야! 나도 구도자거든. 그리고 난 너무도 외로워."

"말해봐!" 내가 그를 격려했다.

"난 영들에 대해서는 전혀 모르지만, 내 꿈속에서 살고 있어. 그걸 네가 감지했구나. 다른 사람들도 꿈속에서 살아. 그러나 자기 자신의 꿈속이 아니야. 그 차이지."

"그래, 어쩌면 그럴지도 모르겠다." 그 애가 나직이 말했다.

"어떤 종류의 꿈속에서 살고 있느냐 그것만 문제라는 거지. 백주술이란 말 들어본 적 있니?"

나는 아니라고 해야 했다.

"그건, 자지 자신을 지배하는 법을 배우는 것이라더라. 죽지 않을 수도 있고 요술도 할 수 있다는데. 너 그런 연습 한 번도 안 해봤어?"

그 연습에 대한 호기심 어린 질문에 그가 뭔가 숨기는 듯해서 나는 가려고 몸을 돌렸다. 그러자 그가 주섬주섬 털어놓기 시작했다.

"나는 잠이 들고 싶거나 정신 집중을 하고 싶을 때 그런 연습을 해. 뭔가 한 가지를 생각해내는 거지. 단어 한 개나 이름 하나 또는 기하학적 도형 말이야. 그걸 될 수 있는 대로 강하게 마음속으로 생각하고 머릿속으로 상상하려고 애써. 그러면 그것이 내 내부에 있다고 느끼게 돼. 그런 다음, 그걸 목구멍 속에 있다고 느끼고 그런 식으로 계속 하면, 나는 완전히 그것으로 가득 채워지거든. 그럼 나는 확고해져서 아무것도 나를 동요시킬 수 없어져."

그가 무슨 생각을 하는지 어느 정도 이해는 됐지만 정작 하고 싶은 말은 아직도 딴 데 있는 것 같았다. 그는 이상하게 흥분해서는 안절부절못했다. 그가 질문을 쉽게 할 수 있게 도와주려고 노력하자, 그는 곧 본래 관심사를 털어놓았다.

"너도 금욕을 하지?" 그는 불안한 듯이 물었다.

"무슨 뜻이지? 성문제 말인가?"

"그래, 그래. 나는 지금 2년째 금욕을 하고 있어. 그 학설에 대해 알고 난 다음부터야. 그전에는 방탕한 짓을 했던 거야. 너도 벌써 알겠지만. 너는 그러니까 여자하고 잔 적이 없지?"

"없는데." 내가 말했다.

"그럴 상대를 못 찾았어."

"만약 마음에 드는 여자를 찾아내고 맞는 상대라면, 그럼 그 여자하고 자겠구나?"

"그래, 물론이야. 그 여자가 반대하지 않는다면 말이야." 내가 약간 비꼬듯 말했다.

"오, 그 점에서 길을 잘못 들어선 거야! 내면의 힘은 완전히 금욕을 할 때만 키울 수 있어. 나는 그렇게 했어. 2년 동안. 2년하고도 1개월 조금 더 됐지! 그건 참 힘들어! 어떤 때는 거의 견딜 수 없을 정도야."

"이봐, 크나우어. 난 금욕이 그렇게 대단하게 중요하다고 보지는 않아."

"나도 알아." 그가 방어했다.

"다들 그렇게 말하지. 그래도 넌 안 그럴 줄 알았어. 좀 더 높은 정신적인 길을 가는 사람은 늘 몸이 정결해야 해, 반드시!"

"그래, 그래. 그렇다면 그렇게 해! 하지만 난 이해하지 못하겠어. 성을 억누르는 사람이 왜 다른 사람보다 '더 정결하다'는 건지. 아니면 너는 성을 모든 생각과 꿈에서도 배제해버릴 수 있다는 거니?"

그는 절망적으로 나를 바라보았다.

"아니야, 그런 게 아니야! 하느님 맙소사. 그렇지만 그래야만 해 나는 밤에 꿈을 꿔. 나 자신한테조차도 말할 수 없는 꿈을 꾸는걸! 무서운 꿈이라고!"

나는 피스토리우스가 나한테 했던 말을 기억했다. 그의 말이 옳다고 느끼면서도 그 말을 그대로 전할 수는 없었다. 내 자신의 체험에서 나온 것이 아니었으며, 그것을 따르기에는 아직 내가 미숙하다고 느끼는 충고를 남에게 해줄 수는 없었다. 나는 입을 다물었다. 누군가가 내게 충고를 구했는데, 해줄 말이 없다는 사실에 굴욕을 당한 느낌이었다.

"나는 별별 시도를 다 해봤어!" 크나우어가 내 곁에서 탄식을 했다.

"할 수 있는 건 다 해봤어. 냉수욕, 안력 훈련, 체조, 달리기. 하지만 전부 소용없었어. 밤마다 생각도 해서는 안 되는 꿈을 꾸다가 화들짝 깨곤 해. 끔찍한 것은, 그러다 보니 내가 정신적으로 배워 놓은 모든 것이 내게서 차츰 없어지는 거야. 그럼 그때부터는 아무리 해도 집중하거나 잠들 수 없어. 자주 누워서 밤을 꼬박 새워. 그걸 결코 오래 견뎌 내지 못하겠어. 내가 그 싸움에서 지거나 항복해서 다시 나를 더럽히면, 한 번도 싸워본 적 없는 다른 사람들보다 더 나빠지는 거야. 이해하겠니?"

나는 끄덕였지만 역시 해줄 말이 없었다. 그가 지루해지기 시작했고, 공공연하게 드러낸 괴로움과 절망이 그다지 깊은 인상을 남기지 못하는 것에 내심 놀랐다. 내 느낌은 다만 '난 너를 도울 수 없어'라는 것이었다.

그가 마침내 기진맥진해서 슬프게 말했다.

"그러니까 넌 전혀 모르는 거지? 전혀 모르겠다고? 그래도 분명 길은 있을 거야! 넌 대체 어떻게 하지?"

"아무것도 말해줄 수 있는 게 없구나, 크나우어. 사람들은 그런 일에서는 서로 도울 수가 없단다. 나를 도와준 사람도 없었어. 네스스로 생각해내려고 애써야 해. 그러고는 정말 네 본질로부터 나오는 것, 그걸 하면 돼. 다른 길은 존재하지 않아. 네가 네 자신을 찾아낼 수 없다면 다른 영들도 찾아낼 수 없을 거야."

그 작은 녀석은 실망해서 말을 뚝 끊더니 나를 물끄러미 바라보았다. 그의 시선이 갑작스러운 증오의 빛을 띠며 이글이글 타올랐다. 얼굴을 찡그리더니 화가 나서 소리쳤다.

"아, 너야 멋진 성인이지! 너도 죄를 짓겠지. 알아! 마치 현인처럼 굴지만 남몰래 나나 다른 사람들과 똑같이 더러운 것에 매달리지! 넌 돼지야, 돼지. 나와 마찬가지로. 우린 모두 다 돼지야!"

나는 그를 세워둔 채 떠났다. 그는 두세 걸음 따라오더니 곧 그대로 멈추었다가, 몸을 돌려 달아났다. 연민과 혐오의 감정으로 속이 메슥거렸다. 집에 와 방에서 그림 몇 개를 주위에 둘러 세우고 간절한 마음으로 내 꿈들에 열중했을 때에야 그 감정에서 벗어날 수 있었다. 그러자 곧 나의 꿈이 다시 떠올랐다. 현관문과 문장에 대한, 어머니와 낯선 여성에 대한 것이었다. 그 여성의 표정이 어찌나 또렷하게 보이는지, 그날 저녁에는 그녀의 모습을 그리기 시작했다.

며칠 뒤 스케치가 완성되자 몽환적인 상태에서 색칠까지 했다. 저녁에 그림을 벽에 걸고 독서등을 밀어놓고는 결판이 나도록 씨

워야 하는 신 앞에 서듯 그 앞에 서 있었다. 그것은 얼굴이었다. 전의 것과 비슷하고, 내 친구 데미안과 비슷하고, 몇몇 표정에서는 나자신과도 비슷했다. 한 눈이 다른 눈보다 눈에 띄게 높이 달려 있었고, 침잠하고 응결된 시선은 나를 넘어 어딘가로 향해 있었다.

그림 앞에 서니 나는 내적인 긴장으로 가슴속까지 서늘해졌다. 그림에게 나는 물었다. 그림을 비난하고 애무했으며 그림에게 기도했다. 나는 그림을 어머니라고, 연인이라고 불렀다. 창녀, 매춘부라고 불렀다. 아브락사스라고도 불렀다. 그 사이로 피스토리우스의 말이—아니면 데미안의 말이었을까?—떠올랐다. 언제 들었는지는 기억할 수 없지만 다시 들리는 것 같았다. 그것은 야곱과 천사의 싸움에 대한 말이었다. '나에게 축복을 내리지 않으면 보내지 않겠다'는 그 말.

그려진 얼굴은 램프 빛 속에서 그때그때의 간청에 따라 변했다. 환하게 밝아지다가 까맣게 어두워지고, 꺼져 가는 눈 위로 파리한 눈꺼풀을 감다가는 다시 이글거리는 시선으로 쏘아보았다. 그것은 여자였다가 남자였다가 소녀였다가 어린아이였다가 동물이었다. 얼룩으로 흐렸다가 다시 크고 뚜렷해졌다. 끝에 가서 나는 마음속에서 들리는 뚜렷한 부름을 따르며 눈을 감았고 그 그림을 마음으로 보았다. 더욱 강하고 힘 있게. 나는 그림 앞에 무릎을 꿇으려 했지만 그림이 완전히 내 안으로 들어가버렸는지 그것을 나와 갈라놓을 수 없었다. 마치 그림이 온통 나 자신이 돼버린 듯이.

그때 마치 봄의 폭풍인 듯 어둡고 무거운 포효 소리가 들렸다. 나는 형언할 수 없는 불안과 새로운 느낌에 휩싸여 몸을 떨었다. 별들이 내 앞에서 반짝거리다가 꺼졌다. 최초의, 아주 잊은 유년으로까지, 실로 전생과 생성의 초기 단계까지 이르는 기억들이, 콸콸 흘러 나를 스쳐 흘러갔다. 나의 온 생애를, 가장 비밀스러운 것까지 되풀이하는 듯한 기억들은 어제오늘로 그치지 않았다. 계속 나아갔고, 미래를 비추었고, 나를 오늘로부터 낚아채어, 새로운 삶의 형식들 속으로 넣었다. 그 새로운 삶의 영상들은 엄청나게 환하고 눈부셨지만 그중 어느 것도 제대로 기억할 수 없었다.

밤에 깊은 잠에서 깨어나 보니 옷을 입은 채로 침대에 비스듬히 걸쳐 누워 있었다. 뭔가 중요한 것을 생각해내야만 할 것 같았다. 몇 시간 전의 일을 전혀 알 수 없었다. 불을 켰다. 차츰 기억이 돌아왔다. 그림을 찾았지만 벽에 걸려 있지 않았다. 책상 위에도 없었다. 확실치 않았지만, 내가 그것을 불태워버린 것 같기도 했다. 아니면 그것을 내 손으로 불태우고 재를 먹어버린 것이 꿈이었을까?

몸이 푸들푸들 떨리는 불안이 계속 나를 몰아댔다. 어떤 강압을 받는 듯, 모자를 쓰고 집과 골목을 지나쳤다. 폭풍에 불려 가듯 거리와 광장들을 빠른 걸음으로 내처 걸었다. 내 친구의 어두운 교회 앞에서 귀를 기울였고, 충동에 휩싸여 무엇을 찾는지도 모르는 채 찾고 또 찾았다. 사창가들이 있는 교외를 지나갔다. 그곳은 여기저기 아직 불이 켜져 있었다.

더 멀리 바깥에는 공사 중인 건물들과 기왓장 더미가 놓여 있었는데 일부는 눈에 덮여 있었다. 몽유병자처럼 알 수 없는 힘에 눌려 이 황량한 곳을 헤매다 보니, 언젠가 나의 고문자 크로머가 처음으로 계산을 하자고 나를 끌고 갔던 고향 도시의 공사장 생각이 났다.

비슷한 공사장이 잿빛 어둠 속에서 내 앞에 있었고, 검은 문구멍들이 내 앞에서 입을 벌리고 있었다. 그것이 나를 안으로 끌어들였다. 물러서려다가 모래와 허섭스레기에 걸려 비틀거렸다. 충동 쪽이 더 강했다. 나는 들어가야 했다.

판자와 부서진 벽돌 너머 황량한 공간 속으로 비틀비틀 들어갔다. 축축한 냉기와 돌 냄새가 침침하게 났다. 밝은 잿빛인 모래 더미 지점이 한 군데 있었다. 그 밖에는 온통 캄캄했다. 거기서 놀란 목소리 하나가 나를 불렀다.

"맙소사, 싱클레어, 어디서 온 거야?"

내 곁의 어둠 속에서 사람 하나가, 작고 마른 사내가 유령처럼 몸을 일으키는 것이었다. 나는 머리카락이 곤두설 정도로 놀랐지만 내 학우 크나우어라고 알아보았다.

"어떻게 네가 여기로 온 거야?" 흥분으로 제정신이 아닌 듯 그가 물었다.

"어떻게 네가 날 찾아낼 수 있었지?"

나는 무슨 소린지 알 수 없었다.

"난 너를 찾지 않았어." 내가 당황해서 말했다. 말하기가 힘들어, 단어들은 얼어붙은 듯 무겁고 죽은 입술 사이로 가까스로 나왔다.

그가 나를 응시했다.

"찾지 않았다고?"

"찾지 않았어. 이끌려온 거야. 네가 나를 불렀니? 네가 날 부른 게 틀림없어. 넌 여기서 대체 뭘 했어? 밤인데."

그가 가는 두 팔로 나를 으스러져라 껴안았다.

"그래, 밤이야. 머지않아 틀림없이 아침이 될 거고. 오, 싱클레어, 네가 나를 잊지 않았다니! 날 용서할 수 있겠니?"

"대체 뭘 용서하니?"

"아, 내가 그처럼 추하게 굴었잖아!"

비로소 우리가 나눴던 대화가 기억났다. 삼사 일 전이던가? 나에게는 그때 이후 한평생이 지나간 것만 같았다. 그러나 그 순간 나는 갑자기 모든 것을 알았다. 우리 사이에 무슨 일이 있었던가, 왜 내가 이리로 오게 되었으며 크나우어가 여기서 뭘 하려 했던가를.

"너 그러니까 죽으려 했구나, 크나우어?"

그가 추위와 두려움으로 몸을 덜덜 떨었다.

"그래, 그러려고 했어. 그럴 수 있었을지 없었을지는 모르겠어. 아침이 될 때까지 기다릴 생각이었어."

나는 그를 바깥으로 끌고 나왔다. 수직의 첫 새벽빛이 잿빛 공중에서 말할 수 없이 차갑고 냉담하게 빛나고 있었다. 얼마간 더 그의 팔을 잡고 데리고 갔다.

"이제 집으로 가. 그리고 아무한테도 말하지 마! 넌 길을 잘못 들어 헤맸던 거야. 그냥 길을 잘못 들었던 거라고! 우린 네 생각처럼 돼지가 아니야. 우린 인간이야. 우린 신을 만들고 신들과 싸우지. 그러면 신들이 우리를 축복해."

말없이 더 걷다가 우리는 갈라졌다. 집에 돌아오니 날이 완전히 밝아 있었다.

그 시절 성 OO시에서 내게 주어진 최고의 것은 피스토리우스와 오르간 곁에서 혹은 벽난로 앞에 서 있었던 시간이다. 우리는 이브락사스에 대한 그리스어 텍스트를 함께 읽었다. 그는 베다 경전에서 번역된 부분들을 읽어주었고 신성한 '옴(Om)'에 대해서도 가르쳐주었다. 그사이 나를 내면적으로 키워준 것은 학식이 아니라 오히려 그 반대였다. 기분 좋았던 것은 내 자신 속에서 진보해가고 있다는 발견과, 나 자신의 꿈과 생각, 예감에 대한 신뢰의 증가였으며, 또한 내 안에 깃들어 있는 힘에 대한 자각의 증가였다.

피스토리우스와 여러 방식으로 서로 이해하고 있었다. 다만 나는 그의 생각을 강하게 하기만 하면 됐다. 그러면 그나 혹은 그가 보내는 인사가 내게 온다는 것을 확신했다. 나는 데미안에게 그랬듯이, 그 자신이 거기 없어도 뭘 물어볼 수 있었다. 그의 모습을 집중해서 그려 보고 나의 물음을 집중해서 그에게로 향하기만 하면 됐다. 그러면 물음 안에 담은 모든 영혼의 힘이 대답이 되어 내 마음속으로 되돌아왔다.

내가 상상한 것은 피스토리우스도, 데미안도 아니었다. 내가 불러야 하는 것은 꿈속의 그림, 남자면서 여자인, 내 수호신의 영상이었다. 그것은 더 이상 꿈속에서만 살지 않았으며 종이 위에 그려지는 것에 그치지 않고 마음속에 소망의 상이 되어, 나의 승화된 모습으로서 나의 내면에서 살고 있었다.

자살에 실패한 크나우어가 나와 맺게 된 관계는 특이하고도 우스웠다. 내가 그에게로 보내졌던 밤부터 그는 내게 매달렸다. 충직한 하인이나 개처럼. 그의 삶을 내 삶에 연결시키려고 하면서 맹목적으로 나를 따랐다. 더할 나위 없이 놀라운 물음과 소망들을 들고 그는 내게 찾아왔다. 영들을 보려고 했으며 카발라를 배웠고 내가 그런 일들을 전혀 이해하지 못한다고 단언해도 나를 믿어주지 않았다. 나는 무슨 힘이든지 다 가지고 있다고 그는 굳게 믿었다.

놀랍게도 그가 이상하고 우스운 질문들을 들고 나를 찾아오는 것이 바로 내 마음속에서 어떤 매듭 하나가 풀려야 할 때였다는 점, 그의 변덕스러운 착상과 관심사들이 내게는 자주 화두이자 해결의 실마리가 되었다는 점이다. 충직한 그가 귀찮아서 종종 보내버리면서도, 그 또한 나에게 보내진 사람이라고 느꼈다. 그에게 준 것이 갑절이 되어 나와 내 마음속으로 되돌아옴을, 그 또한 나에게는 하나의 인도자이자 길이라는 것을 느낄 수 있었다. 그가 나에게 가져오고 그 속에서 자신의 구원을 찾고자 했던 기이한 책이나 글들이 내가 즉석에서 깨달을 수 있었던 것보다 더 많은 것을 가르쳐 주었다.

크나우어가 나도 모르는 사이에 내 길에서 사라져버렸다. 그와는 대결이 필요하지 않았던 것이다. 그러나 피스토리우스와는 필요했다. 성 OO시에서의 학생 시절이 끝나갈 무렵, 그와 함께 나는 또한 번 특이한 체험을 했다.

악의 없는 인간도 살면서 한 번쯤 혹은 몇 번은 경건과 감사라는 아름다운 도덕과 갈등에 빠지는 일을 겪는다. 누구든 한 번은 자신을 아버지로부터, 스승으로부터 갈라놓는 걸음을 떼어야 한다. 누구든 고독의 혹독함을 느껴야 한다. 대다수가 그걸 잘 견딜 수 없어 다시 밑으로 기어든다 하더라도, 부모님과 그들의 세계, 내 유년의 '밝은' 세계로부터, 격렬한 싸움 속에서 결별하지 않고 천천히 눈에 띄지 않게 그들로부터 멀어지고 낯설어졌다. 마음이 안됐었다. 고향을 찾아갈 때면 자주 씁쓸한 시간들이 있었다. 그러니 그것이 미음속까지 가지는 않았다. 견딜 만했다.

　습관에서가 아니라 지극히 고유한 욕구에서 사랑과 경외를 표했던 곳, 우리가 더없이 진정으로 사도이자 친구였던 거기—바로 그곳에 쓸쓸하고 무서운 순간이 온다. 마음속을 이끌어 가는 물결이 사랑하는 사람으로부터 멀어지려 한다는 걸 알아차렸을 때 말이다. 거기서는 친구이자 스승을 거부하는 생각 하나하나가 독침처럼 우리의 심장을 찌른다. 거기서는 방어의 타격 하나하나가 자신의 얼굴에 적중한다. 거기서는 유효한 도덕 하나를 마음속에 지니고 있다고 믿는 사람에게 '배신'과 '배은망덕'이라는 이름으로 떠오른다. 치욕적인 기억과 낙인처럼. 그럴 때 놀란 가슴은 두려움에 차서 어린 시절의 사랑스러웠던 미덕의 골짜기로 다시 도망쳐 들어가며, 어떻게 해서라도 이러한 단절이 필요하고 이 끈이 끊어져야 한다는 것을 믿을 수 없게 된다.

　시간이 흐르면서 마음속의 감정은, 내 친구 피스토리우스를 절대적 지도자로 인정하는 것에 서서히 저항했다. 청년 시절 극히 중요한 몇 달 동안 내가 체험했던 것은 그와의 우정이었고 그의 충고와 위로 그리고 친근함이었다. 그를 통해 신이 나에게 말했다. 그의 입으로부터 내 꿈들이 명확하게 해석되어서 내게로 되돌아왔다. 그는 나에게 나 자신에게로 가는 용기를 선사했다. 그런데 자라면서 나는 그에 대한 저항을 감지한 것이다. 다시 들으니 그의 말에는 지나치게 많은 가르침이 담겼고, 그가 완전히 이해하는 건 나의 한 부분뿐이었다.

우리들 사이에 다툼은 없었다. 요란한 장면도 없었다. 결론도, 청산조차도 없었다. 나는 그에게 단 한마디의, 사실은 무해한 말을 했다. 그 해롭지 않은 한마디가 던져진 바로 그 순간 우리 사이에 있었던 환상이 색색으로 산산조각 나 흩어졌다.

어떤 예감이 한동안 나를 짓누르고 있었다. 그것이 분명한 느낌으로 구체화된 것은 어느 일요일 그의 낡은 서재에서였다. 우리는 방바닥에 엎드려 있었고 그는 비밀의식과 종교 형태들을 설명했다. 그런 것들을 그는 연구하고 명상하면서 미래에 열중하고 있었다. 그 모든 것이 인생을 결정할 만큼 중요하다기보다는, 오히려 기이하고 재미있는 것으로 보였다. 그저 현학적인 과시로 들렸다. 내 귀에는 이전 세계들의 폐허를 뒤지는 고달픈 탐색의 소리가 들려왔다. 문득 이 모든 방식과 신화, 예배, 전승된 신앙 형식을 모자이크처럼 짜 맞추는 유희에 대한 거부감을 느꼈다.

"피스토리우스." 내가 갑자기 말했다. 스스로도 놀랄 만큼 악의가 담겨 있었다.

"제게 다시 한 번 꿈 이야기를 들려주셔야겠어요. 밤에 꾸신 진짜 꿈 얘기를요. 지금 말씀하시는 것, 그건 참 빌어먹게 골동품 냄새가 나네요!"

내가 그런 투로 말하는 것을 그는 한 번도 들어본 적이 없었다. 나 자신도 그 순간에 내가 쏜 그의 심장을 명중한 화살이 바로 그의 무기창고에서 끄집어낸 것이었다는 것을, 또한 그가 가끔 풍자적으로 말하는 것을 들은 적이 있는 내가 악의에 차서 날카롭게 되던진 것 같아 번개처럼 수치심과 두려움을 느꼈다.

그도 그것을 순간적으로 느꼈다. 즉시 잠잠해졌다. 두려움을 느끼며 그를 보고 있자니, 그는 무섭게 창백해지는 것이었다. 길고 무거운 침묵 후에 그가 새 장작을 불 위에 얹었고 가라앉은 음성으로 말했다.

"자네가 전적으로 옳아, 싱클레어. 자네는 영리한 친구야. 나는 골동품으로 자네를 지켜 주려는 걸세."

그는 매우 침착하게 말했지만, 나는 그가 입은 상처의 고통을 느낄 수 있었다. 내가 무슨 짓을 했는가!

눈물이 나올 것 같았다. 진심으로 그에게로 향하고 용서를 빌고 싶었다. 그에게 나의 사랑과 애정 어린 감사를 확인해주고 싶었다. 감동적인 말들이 떠올랐지만 말할 수가 없었다. 나는 그냥 엎드려 불을 들여다봤다. 그도 말이 없었다. 그렇게 우리는 누워 있었고 불은 타다가 꺼졌다. 탁탁 튀기며 꺼지는 불꽃 하나와 함께 다시는 돌아올 수 없는 아름다움과 친밀함도 다 타서 날아가버리는 느낌이었다.

"제 말을 잘못 이해하셨을까 봐 두렵습니다."

내가 몹시 풀이 죽어 건조하고 쉰 목소리로 말했다. 마치 신문 연재소설을 낭독하듯 멍청하고 무의미한 말들이 입술 너머로 새어 나왔다.

"난 자네 말을 정확히 이해했네." 피스토리우스가 나직이 말했다. "자네가 옳아."

조금 뜸을 들인 다음 그는 천천히 계속했다.

"한 인간이 다른 인간에 대해서 옳다고 할 수 있는 한에서는 말이지."

아니, 아니, 나는 마음으로 외쳤다. 제가 틀렸어요! 라고. 그러나 아무 말도 할 수 없었다. 내가 보잘것없는 말로 그의 본질적인 약점, 그의 괴로움과 상처를 가리켜 보였다는 것을 알았다. 그가 자신을 불신하는 바로 그 점을 내가 건드렸다. 그의 이상에서는 '골동품 냄새'가 났다. 그는 과거를 향한 구도자였고 낭만주의자였다. 갑자기 나는 깊이 느끼게 되었다. 피스토리우스는, 그가 나에게 준 것을 자기에게는 줄 수 없으며 내 눈에 비쳤던 그의 모습도 그의 실체는 아니었다는 사실을. 그는 길잡이인 자신도 넘어서지 못하고 떠나야 했던 길로 나를 인도했던 것이다.

어떻게 그런 말이 나왔는지는 모르겠다! 나는 전혀 나쁜 뜻이 아니었고 파국의 예감도 없었다. 내가 말을 쏟아내는 순간에도 전혀 알지 못하는 말을 한 것이다. 나는 대수롭지 않게 약간 재치 있고 심술궂은 생각에 몸을 맡긴 것뿐이었는데, 그것이 운명이 되어버렸다. 나는 사소한 부주의에서 작은 횡포를 부렸는데, 그에게는 그것이 심판이 되어버린 것이다.

나는 얼마나 간절히 소망했던가. 그가 화를 냈으면 하고, 그가 자신을 방어하고 나한테 소리쳐 주었으면! 하고. 그는 아무것도 하지 않았다. 그 모든 것을 내가 한 게 틀림없었다. 내 마음속에서 스스로 한 게 틀림없었다. 할 수만 있었더라면 그는 미소 지었으리라. 그가 그럴 수 없었다는 것, 거기에서 내가 얼마나 심한 타격을 그에게 주었는지 확실히 알 수 있었다.

피스토리우스가 주제넘고 배은망덕한 제자의 공격을 소리 없이 받아들임으로써, 침묵하고 내가 옳다고 인정해줌으로써, 그가 나의 말을 운명으로 인정함으로써 나 스스로를 미워하도록 만들었다. 그는 나의 경솔함을 천 배나 더 크게 만들었다. 그를 때리려 달려들었을 때 나는 방어력 있는 강한 사람을 쳤다고 생각했다. 그런데 성직 맞은 사람은 고요히 인고하는 인간, 말없이 항복하는 무방비한 사람이었다.

오랜 시간 우리는 다 타버린 불 앞에 그대로 엎드려 있었다. 불 속에서는 타오르는 모습 하나하나, 구부러져 들어가는 막대 모양의 재 하나하나가 아름답고 풍요로웠던 시간들을 기억 속에 불러왔고 피스토리우스에게 내가 진 빚더미를 점점 더 크게 쌓아올렸다.

나는 더 견디지 못하고 일어서서 나왔다. 오래 서 있었다. 그 집 문 앞에, 어두운 계단 위에, 집 바깥에서, 그가 혹시 나를 따라오지나 않을까 한동안 더 기다리며. 그다음에는 계속 걸었다. 몇 시간이고 시내와 교외, 공원과 숲을 돌아다녔다. 저녁까지. 나는 처음으로 내 이마에 찍힌 '카인의 표지'를 느꼈다.

오직 서서히 나는 생각해볼 수 있었다. 내 생각은 온통 나를 비난하고 피스토리우스를 옹호하려는 뜻뿐이었다. 하지만 모든 것이 반대로 끝나버렸다. 수천 번이나 경솔했던 말을 후회하면서 다시 거두어 담을 마음도 있었지만 그것은 엄연한 사실이었다. 이제야 비로소 피스토리우스가 이해되었다. 그의 모든 꿈을 떠올려볼 수 있었다.

그 꿈은 사제가 되어 새로운 종교를 선언하는 것, 새로운 형식의 찬양과 사랑, 예배를 부여하고, 새로운 상징을 세우려는 것이었다. 그러나 그건 그의 힘으로 될 일이 아니었고 그의 사명도 아니었다. 그는 너무도 편안하게 이미 존재하는 것 속에 머물렀다. 그는 너무나 정확하게 예전의 것을 알고 있었다. 이집트, 인도, 미트라스에 대해 그리고 아브락사스에 대해 너무나 많이 알고 있었다. 그의 사랑은 이미 지구가 보았던 형상들에 매여 있었다.

그 스스로 마음 깊은 곳에서 알고 있었다. 새로운 것은 새롭고도 달라야 한다는 것, 새 땅에서 솟아야지 수집되거나 도서관에서 길어내서는 안 된다는 것을. 그의 사명은, 내게 해주었듯이, 인간이 그 자신에게로 이르도록 돕는 조력자였다. 들어보지 못한 전대미문의 것, 새로운 신들을 제시하는 것은 그의 운명이 아니었다.

갑자기 예리한 불꽃같은 인식이 나를 불태웠다. 누구에게나 하나의 '사명'이 있지만, 누구도 자의로 택하고 고쳐 쓰거나 마음대로 주재해도 되는 사명은 아니라는 것. 새로운 신들을 원한다는 것도 틀렸다. 세계에다 무엇인가를 더하겠다는 것은 완전히 틀린 생각이었다! 깨달은 인간에게는 오직 한 가지 의무밖에는 그 어떤 의무도 없었다. 자기 자신을 찾는 것, 자기 속에서 확고해지는 것, 그리고 어디로 인도하든 간에 자신의 길을 앞으로 더듬어 나아가는 것이었다.

그 생각이 내 마음을 뒤흔들었다. 그것이 내게는 이 체험에서 얻은 열매였다. 나는 자주 미래의 영상들과 더불어 유희를 즐겼다. 시인으로 혹은 예언자나 화가로, 어떻게든 나를 위해 예비된 역할들을 꿈꾸곤 했다. 그 모든 것이 아무것도 아니었다. 나는 시를 짓기 위해, 설교하기 위해, 그림 그리기 위해 존재하는 자가 아니었다. 또 다른 인간이 되라고 존재하는 것도 아니었다. 그 모든 건 다만 부수적으로 생성된 것이다. 누구에게나 진정한 사명은 오직 한 가시, 바로 자기 자신에게 노날하는 것이었다.

시인으로 혹은 광인으로, 예언가로 혹은 범죄자로 끝장날 수도 있지만 그건 관심 가질 일이 아니다. 그건 사실 중요한 게 아니었다. 정작 관심 가질 일은, 아무래도 좋은 운명의 하나가 아니라 자신만의 운명을 찾아내는 것이며, 운명을 자기 삶 속에서 완전하게 그리고 부단히 다 살아내는 일이었다. 그 밖의 모든 것은 어중간한 것, 벗어나려는 시도, 퇴보해서 대중의 이상 속으로 다시 도피하고 적응하는 것 그리고 자신의 내면에 대한 불안이었다. 새로운 영상이 무서우면서도 성스럽게 눈앞에서 솟았다. 수백 번 예감했고 자주 입 밖으로 내면서도 이제야 비로소 체험한 것이다. 나는 자연이 던진 돌이었다. 불확실함 속으로, 어쩌면 새로운 것에로, 어쩌면 무를 향해서 던져졌다. 본래의 심연으로부터 나온 이 내던져짐을 실현하는 것, 그것의 의지를 나의 내부에서 느끼고, 그것을 온전하게 나의 것으로 만드는 것, 오직 그것만이 나의 사명이었다. 오직 그것만이!

이미 많은 고독을 나는 맛보았다. 이제 예감한다. 더 깊은 고독이 있으면 그 고독은 벗어날 수 없는 것임을.

피스토리우스와 화해하려고 애쓰지 않았다. 우리는 변함없는 친구였다. 그러나 관계가 달라졌다. 단 한 번 우리는 그것에 대해 이야기했다. 아니 사실 그렇게 한 것은 그였다. 그가 말했다.

"나는 사제가 되고 싶은 소망이 있어. 그건 자네도 알지. 우리가 그토록 예감하는 새로운 종교의 사제가 되고 싶었지만 난 결코 사제가 될 수 없다는 걸 알지. 사실은 전에도 알았어. 고백은 안 했지만 오래전부터 말이야. 나는 다른 방법으로 사제의 봉사를 하려 하네. 어쩌면 오르간 건반 위에서, 어쩌면 다른 곳에서. 나는 늘 뭔가, 아름답고 성스러운 것에 에워싸여 있어야 해. 오르간 음악이든 비밀의식, 상징이나 신화든, 그런 것이 필요해. 그리고 그런 것에서 떠나지 않았다는 게 나의 약점이지.

왜냐하면 싱클레어, 때때로 그런 소망을 가져서는 안 된다는 걸 알아. 그것이 사치이자 약점이라는 것도. 단순하게 아무런 요구 없이 운명에 자신을 내맡긴다면, 그 편이 더 위대하고 바른 일이겠지. 그러나 난 그럴 수가 없어. 내가 할 수 없는 유일한 일이지. 자네는 언젠가 할 수 있을 거야. 운명에 자신을 내맡기는 건 어려워. 그건 세상에서 유일한 진짜 어려움이지.

이봐. 나는 자주 그런 꿈을 꾸었지만 그럴 수가 없었어. 그 앞에서 몸서리쳐. 그렇게 완전히 벌거벗은 채 외롭게 서 있을 수가 없어. 나 또한 약간의 온기와 먹이가 필요하고 가끔씩은 자기와 비슷한 것들을 곁에서 느끼고 싶어 하는, 가엾고 약한 개라네. 정말로 자신의 운명 말고는 아무것도 원하지 않는 자, 그때부터 그에게는 자기와 비슷한 사람이 없어. 완전히 홀로 서 있지. 주위에는 오직 차가운 우주뿐이지.

자네도 알지, 그건 겟세마네 동산의 예수야. 기꺼이 십자가에 못 박히려는 순교자들이 있었지만 그들도 영웅은 아니었어. 해방되지 못했지. 그들 또한 무언가를 원했어. 익숙한 고향 같은 것을. 그들은 모범과 이상이 있었지. 아직도 오로지 운명만을 원하는 자, 그에게는 이제 모범도 이상도 없어, 그는! 사실은 이 길을 가야 되는 것 같아. 나나 자네 같은 사람들은 정말 고독하지. 우린 아직 서로 가진 것이 있지. 남들과 다르다는, 거역한다는, 비범한 것을 원한다는 은밀한 만족을 가지고 있으니까. 이 만족 또한 버려야 해. 그 길을 완전히 가고자 한다면 말이야. 혁명가가 되려 해서도 안 돼, 모범이 되려 해서도, 순교자가 되려 해서도 안 돼. 상상할 수도 없지만 말이야."

그렇다. 상상할 수도 없었다. 그러나 꿈꿀 수는 있었다. 예감할 수는 있었다. 아주 고요한 시간대에 몇 번 조금 느낀 적이 있다. 그럴 때 나는 내면을 들여다보고 내 운명의 형상이 눈을 부릅뜨고 있는 모습을 보았다. 그 두 눈은 지혜와 광기로 가득 차 있는 것 같았다. 사랑이 환히 빛나는 것 같기도 하고 깊은 악의가 빛나는 것 같기도 했다. 아무래도 좋았다. 그 무엇도 택하거나 원할 권리가 없었던 것이다. 스스로 갖겠다고 원할 수 있는 건 오직 자기의 운명뿐이었다. 거기로 가는 한 구간을 피스토리우스는 길잡이로서 나를 위해 봉사했다.

나는 눈먼 사람처럼 이리저리 헤맸다. 마음속에서는 폭풍이 포효하고 있었다. 한 걸음 한 걸음이 위험이었다. 앞에는 지금까지의 모든 길이 가라앉아버리는 수렁의 어둠밖에 안 보였다. 반면 나의 내면에서는 인도자의 모습을 보았다. 데미안을 닮았으며 그 눈에 내 운명이 적혀 있었다.

나는 종이에 적었다.

'한 인도자가 나를 떠났습니다. 나는 완전히 어둠 속에 서 있습니다. 한 발자국도 혼자 디딜 수가 없습니다. 나를 도와주십시오!'

데미안에게 그 종이를 보내려 했다가 그만두었다. 그게 바보 같고 무의미하게 보였다. 나는 이 짧은 기도문을 외웠고 자주 마음속으로 되뇌었다. 기도는 어느 순간에나 나를 따라다녔다. 기도가 무엇인지 예감하기 시작했다.

고등학교 학창 시절이 끝났다. 나는 방학 동안 여행을 했다. 아버지가 생각해내신 일이었다. 그다음에는 대학에 갈 예정이었다. 어느 학부로 가야할지는 아직 몰랐다. 한 학기 동안 철학 공부를 하는 것이 허락되었다. 다른 어떤 학과였더라도 나는 만족했을 것이다.

7

에바 부인

방학 중에 한 번, 몇 해 전 막스 데미안 모자가 살던 집으로 가보았다. 늙은 부인이 뜰에서 산책하고 있어 말을 걸었더니, 집주인이었다. 데미안 일가에 대해 물었다. 기억하고는 있었지만 그들이 지금 어디 사는지는 몰랐다. 내가 관심을 갖고 있는 것을 알고는, 나를 집 안으로 데리고 가서 가죽 앨범을 찾아내 데미안 어머니의 사진을 보여주었다. 그녀에 대한 내 기억은 거의 없었지만 작은 사진을 보았을 때 심장의 고동이 멈추었다. 그것은 바로 내 꿈의 영상이었다! 그녀였다. 키가 크고 거의 남자 같은 여성의 모습, 아들과 비슷한데 어머니다운 표정, 엄격하고 깊은 열정의 표정을 지니고 있었다. 아름답고 유혹적이면서도 감히 접근할 수가 없었다. 수호자이자 어머니, 운명이자 연인, 그녀였다!

내 꿈의 영상이 지상에 살아 있음을 그렇게 알게 되었을 때, 그 것은 마치 기적처럼 내 온몸을 관통했다! 그런 모습의 여성, 내 운 명의 표정을 지닌 여성이 존재했던 것이다! 그녀는 어디에 있을까? 어디에! 그런데 그녀는 바로 데미안의 어머니였다.

그 뒤에 나는 곧 여행을 떠났다. 이상한 여행이었다! 이 여인을 찾아서 그때그때 떠오르는 생각을 따라 쉴 새 없이 이곳저곳으로 돌아다녔다. 그 여인을 연상케 하는 모습, 그녀를 닮은 모습, 뒤엉 킨 꿈속에서처럼 나를 낯선 도시의 골목길이나 역들을 지나 기차 안으로 끌어들이는 모습, 온통 그런 모습들만 만났던 날들이 여러 번 있었다. 그렇게 찾아다니는 일이 얼마나 부질없는지를 통찰해 보는 날들도 있었다. 그런 날에는 아무것도 하지 않고 공원에, 호텔 정원에, 대합실에 앉아 내 마음을 들여다보았고 마음속의 그 영상 이 살아 있게 하려고 애썼다. 그러나 그것은 부끄럼 타듯, 도망치듯 사라지곤 했다. 잠을 제대로 잘 수 없었다. 기차를 타고 알 수 없는 풍경들을 지나며 나는 15분쯤 끄덕끄덕 졸았다. 한번은 취리히에 서 어떤 여자가 나를 뒤쫓아왔다. 예쁘지만 다소 뻔뻔스러운 여자 였다. 나는 마치 그녀가 공기라도 하듯 그녀를 쳐다보지도 않고 계 속 갔다. 다른 여성에게 한시라도 관심을 보이느니 차라리 즉시 죽 어버리는 게 나을 것 같았다.

운명이 나를 끌어당기고 있음을 감지했다. 성취가 가까이 있음 을 느꼈다. 성취를 위해 내 자신은 아무것도 할 수 없다는 초조함 으로 미칠 것 같았다. 한번은 어느 역에서, 인스부르크였던 것 같은 데, 방금 출발한 기차의 창가에서 그녀를 상기시키는 모습 하나를 보았고 그래서 여러 날 불행했다. 그런데 그 모습이 밤에 꿈속에서 나타났다. 추적의 무의미함에 대한 부끄럽고 황량한 느낌으로 잠에서 깬 나는 곧장 집으로 돌아와버렸다.

몇 주 뒤 나는 H대학에 등록했다. 모든 것이 나를 실망시켰다. 철학사 강의는 대학생들의 행동처럼 본질이 없이 기계적이었다. 모든 것이 틀에 박힌 듯, 이 사람이나 저 사람이나 다 똑같았다. 소년 티나는 얼굴에 어린 달아오른 즐거움은, 보는 사람이 우울할 정도로 텅 빈 기성품처럼 보였다! 그러나 나는 자유로웠다. 나 자신을 위해 온 하루를 쓸 수 있었다. 교외의 오래된 낡은 집에서 조용하고 아름답게 지냈고, 책상 위에는 니체가 몇 권 놓여 있었다. 니체와 함께 살았다. 그의 영혼의 고독을 느꼈다. 그를 그침 없이 몰아간 운명의 냄새를 맡았다. 그와 함께 괴로워했다. 그토록 가차 없이 자신의 길을 갔던 사람이 존재했다는 것이 행복했다.

한번은 저녁 늦게 한가롭게 시내를 걷고 있었다. 불어오는 가을 바람 속에서, 술집들에서 대학생 무리들이 부르는 노랫소리가 들렸다. 열린 창문에서 담배 연기가 자욱하게 솟아나왔다. 홍수처럼 쏟아져 나오는 노랫소리는 크고 요란했지만 활기도 없고 감흥도 없이 단조로웠다.

나는 어느 길모퉁이에 서서 귀 기울였다. 연습된 젊음의 쾌활함이 두 술집으로부터 울려 나와 어둠 속으로 치솟고 있었다. 어디를 가나 단체가 있었고, 어디를 가나 함께 쭈그리고 앉는 모임이 있었다. 어디에나 운명의 발산과 따뜻한 부뚜막을 향한 도피가 있었다!

내 뒤에서 남자 둘이 천천히 지나갔다. 나는 그들의 대화를 조금 들었다.

"이건 마치 어느 흑인촌에 있는 청년집회소와 똑같지 않아요?" 한 사람이 말했다.

"꼭 그대로예요. 심지어 문신하는 것도 유행이고요. 보시다시피 이것이 신유럽이지요."

그 목소리는 이상하게도 나에게 경고를 하는 듯—귀에 익은 것이었다. 나는 어두운 골목에서 두 남자를 따라갔다. 한 사람은 키가 작은 멋쟁이 일본인이었다. 가로등 밑에서 그의 미소 띤 노란 얼굴이 환히 빛나는 것이 보였다. 다른 사람이 다시 말했다.

"당신네 일본에서도 더 나을 게 없겠지요. 패거리를 뒤쫓지 않는 사람들은 어디서나 드물어요. 여기에도 조금 있을 뿐이고요."

그 말 한마디 한마디가 기쁨과 놀라움으로 내 마음속을 파고들었다. 말하는 사람이 아는 사람이었다. 데미안이었다.

바람 부는 어둠 속에서 나는 그와 일본인을 따라 골목들을 지났고, 그들의 대화에 귀 기울였으며 데미안의 목소리가 울리는 것을 즐겨 들었다. 그 목소리는 옛날의 음색을 지니고 있었다. 오래된, 아름다운 안정감과 평안함이 있었고 나를 지배하는 힘을 지니고 있었다. 이제 모든 게 다 잘됐다. 그를 찾아냈으니.

거리의 끝에서 일본인이 작별을 하고 현관문을 열었다. 데미안은 그 길을 되돌아왔다. 나는 그대로 멈추어 선 채 길 한가운데에서 그를 기다렸다. 뛰는 가슴으로 나는 그가 나를 향해 마주 오는 모습을 보고 있었다. 꼿꼿하고 탄력 있게, 갈색 레인코트를 입고 팔에는 가느다란 단장을 걸고 있었다. 그는 특유의 고른 보조를 유지한 채로, 내 바로 앞까지 와서 모자를 벗고 그의 환한 얼굴을 내게 보였다. 결단력 있게 다문 입과 넓은 이마에 빛나는 얼굴을.

"데미안!" 내가 외쳤다.

그는 내게로 손을 뻗었다.

"너로구나, 싱클레어! 널 기다렸어."

"내가 여기 있는 걸 알았단 말이야?"

"정확하게는 몰랐지만 확신을 가지고 희망했어. 보는 건 오늘 저녁이 처음이고. 너 저녁 내내 우릴 뒤따라왔지."

"그럼 난 줄 금방 알았단 말이야?"

"물론이지. 네가 변하기는 했지만. 그래도 여전히 그 표시를 가지고 있구나."

"표시? 무슨 표시 말이야?"

"우리가 전에 카인의 표시라고 그랬잖아. 아직 기억할 수 있다면 말이야. 그건 우리들의 표시지. 넌 그걸 언제나 가지고 있었어. 그래서 내가 네 친구가 되었고. 지금은 그 표시가 더 분명해졌구나."

"난 몰랐어. 아니면 알고 있었는지도 모르겠어. 한번은 너의 모습을 그렸어, 데미안. 그런데 놀랍지. 그게 나하고도 비슷했어. 그것이 그 표시였을까?"

"그랬어. 그 표시였어. 네가 여기 있으니 좋구나! 우리 어머니도 기뻐하실 거야."

나는 놀랐다.

"네 어머니? 여기 계셔? 날 전혀 모르시잖아."

"아니, 너에 대해서 아셔, 널 잘 아실 거야. 네가 누구인지. 말씀은 안 드렸지만. 넌 오래 아무 소식이 없었지."

"오, 자주 편지를 쓰려고 했지만 잘 안 됐어. 얼마 전부터 널 곧 찾아낼 게 틀림없다는 느낌이었어. 날마다 기다렸어."

그는 내 팔짱을 끼고 계속 걸었다. 그의 안정감이 내 마음속으로 스며들었다. 우리는 곧 예전처럼 이러저런 대화를 나눴다. 학창 시절을, 견진성사 수업을, 방학 때의 불행한 만남도 기억했다. 다만 두 사람 사이의 가장 긴밀한 최초의 끈, 프란츠 크로머에 대해서만은 말이 없었다.

어느새 우리는 기이하고도 예감에 찬 대화 속으로 빠져들었다. 데미안이 일본인과 나누었던 대화를 상기하며, 대학생활에 대해서 얘기하다가 다른 주제로 옮아갔다. 멀리 있는 것처럼 보이던 다른 문제도 데미안의 말 가운데서 긴밀하게 연관되었다.

그는 유럽의 정신과 이 시대의 징표에 대해 이야기했다. 어디서나 연합과 패거리 짓기가 기세를 떨치고 있다고, 그러나 어디서도 자유와 사랑은 없다고 말했다. 대학생 서클과 동호회 모임에서 국가에 이르기까지 이 모든 공동체는 두려움에서, 무서움에서, 당황에서 비롯된 것인데, 그런 공동체는 내부가 상하고 낡아서 와해가 임박했다고 말했다.

"단체란……." 데미안이 말했다.

"멋진 일이지. 그러나 지금 도처에서 번창하고 있는 건 전혀 단체가 아니야. 진정한 단체는, 개개인들이 서로를 알게 됨으로써 새롭게 생성되면서 한동안 세계의 모습을 비꿔 놓을 거야. 단체피면서 저기 저러고 있는 건 다만 패거리 짓기일 뿐이야. 사람들이 서로에게로 도피하고 있어. 두렵기 때문이야. 신사는 신사들끼리, 노동자는 노동자들끼리, 학자는 학자들끼리!

그런데 그들은 왜 불안한 걸까? 자기 자신과 하나가 되지 못하기 때문에 불안한 거야. 그들은 한 번도 자신을 안 적이 없기 때문에 불안한 거야. 그들은 모두가 그들의 삶의 법칙들이 이제는 맞지 않음을, 자기들은 낡은 목록에 따라 살고 있음을 느낀 거야. 종교도, 도덕도, 우리가 필요로 하는 것과는 맞지 않아. 백년 그리고 그 이상을 유럽은 그저 연구만 하고 공장이나 지었지. 사람들은 정확히 알아. 사람 하나 죽이는데 화약이 몇 그램 필요한지. 그러나 어떻게 신에게 기도해야 하는지는 모르지. 어떻게 한 시간을 유쾌하게 보낼 수 있는지조차 모르는걸. 대학생들 술집을 한번 봐! 아니면 부자들이 가는 유흥장을 봐봐! 절망적이지!

이봐 싱클레어, 그런 것에서는 진정한 즐거움이 나올 수 없단다. 저렇게 겁을 먹고 서로 뭉친 사람들은 두려움과 악의로 가득 찼어. 아무도 남을 신뢰하지 않아. 그들은 더 이상 이상이 못 되는 이상들에 매달려 있어. 그러면서 새로운 이상을 내세우는 사람에게 돌을 던지지. 싸움이 있으리라는 것을 나는 감지해.

싸움이 다시 벌어질 거야. 날 믿어. 곧 벌어진다고! 물론 그 싸움이 세계를 '개선'하지는 못하지. 노동자들이 그들의 공장주를 쳐 죽이든지, 러시아와 독일이 서로 총질을 하든지, 주인만 바뀌겠지. 그러나 헛된 일은 아닐 거야. 오늘날의 이상이 얼마나 가치 없는지 밝혀지겠지. 석기시대의 신들도 청소되겠지. 지금의 이 세계는 죽어

가고 있어. 멸망하려고 하지. 곧 멸망할 거야."

"그럼 우리는 어떻게 되는 거야?" 내가 물었다.

"우리? 오, 어쩌면 우리도 함께 멸망하겠지. 우리 같은 사람을 쳐죽일 수도 있으니까. 제발 우리가 다 없어져버리는 일만 없기를. 우리 중에 남는 것, 혹은 그 후에도 살아남는 자들 주위에 미래의 의지가 집결되겠지. 유럽이 그동안 기술과 학문의 대목시장을 펼쳐 놓고 소리소리 질러대는 통에 들리지 않았던 인류의 의지가 드러날 거야. 그 후엔 인류의 의지가 그 어디서도 오늘날의 공동체, 국가와 민족, 협회와 교회의 의지와 같지 않다는 것이 드러나겠지. 오히려 자연의 의지는 개인들 속에 적혀 있어. 네 마음과 내 마음속에. 예수 속에 적혀 있고 니체 속에 적혀 있지. 현재의 공동체들이 붕괴되고 나면 유일하게 중요한 흐름들을 위한—그런 건 물론 날마다 모습이 다를 수 있겠지만—공간이 생기게 될 거야."

우리는 강가에 있는 어느 뜰 앞에서 멈추었다.

"여기가 우리 집이야." 데미안이 말했다.

"곧 한번 와! 우린 널 몹시 기다리고 있어."

기쁜 마음으로 나는 서늘해진 어둠을 뚫고 먼 거리를 걸어서 돌아왔다. 집으로 돌아가는 대학생들이 이곳저곳에서 시끌벅적 휘청거리며 시내를 지나가고 있었다. 나는 때로 결핍감을 느끼며, 때로는 비웃으며 그들의 유치한 즐거움과 나의 외로운 삶이 대립되어 있음을 느꼈다. 그런 것이 나하고 얼마나 무관한지, 이런 세계가 나한테는 얼마나 멀리 떨어진 것인지를 오늘처럼 안정감과 비밀스러운 힘을 가지고 느껴본 적은 한 번도 없었다.

고향 도시의 관리들, 늙고 위엄 있는 신사들이 기억났다. 그네들은 축복받은 천국의 기념품처럼 술집에서 허비한 대학시절의 추억에 매달렸으며 사라져버린 학창 시절의 '자유'를 예찬했다. 시인이나 다른 낭만주의자들이 유년에 바치는 숭배처럼. 어디서나 똑같았다! 어디서나 그들은 이미 지나가버린 시간 어딘가에서 '자유'와 '행복'을 찾았다.

오로지 두려움에서, 그들은 자기의 책임을 기억하고 그들 자신의 길을 가라는 경고를 받았을 수도 있다. 몇 년 동안 술 퍼마시고 방종한 생활을 하다가 국가에 봉사하는 근엄한 신사가 된 것이다. 그렇다. 썩어 있었다. 우리 사는 곳은 썩었다. 세상에는 대학생들의 바보짓보다 더 어리석고 더 나쁜 일들이 수백 가지는 되었다.

내가 숙소에 도착해서 잠자리에 들었을 때, 이 모든 생각은 날아가버리고 없었다. 내 생각은 온통 이 하루가 준 큰 약속에 쏠려 있었다. 내가 원하기만 하면, 내일이라도 데미안의 어머니를 볼 수도 있다. 대학생들이 술집을 멀리하고 얼굴에 문신을 새기든, 세계가 썩어 그 몰락을 기다리고 있든 나와 무슨 상관이란 말인가! 나는 오로지 기다리고 있었다. 운명이 새로운 모습으로 나를 향해 오는 것을.

아침 늦게까지 깊이 잠을 잤다. 새로운 날은 소년시절의 성탄절 잔치 이후로는 겪어보지 못한 장엄한 축제일처럼 밝아왔다. 나는 내면 깊이 동요하고 있었지만 불안은 전혀 없었다. 나에게 중요한 하루가 밝았다고 느꼈고 나를 에워싼 세계가 변화했음을, 깊은 관련성을 가지고 나를 장엄하게 기다리고 있음을 보았고 느꼈다. 나직하게 내리는 가을비조차도 아름답고 고요하게 또 축일답게 엄숙하고도 즐거운 음악으로 가득 차 있었다. 처음으로 바깥 세계가 나의 내면세계와 어울려 순수한 화음을 냈다. 그다음은 영혼의 축제일이었다. 그다음은 살아볼 만했다. 어떤 집도, 쇼윈도도, 골목의 어떤 얼굴도 나한테 거슬리지 않았다. 모든 것이 분명 그래야 할 그대로였지만 일상적이고 익숙한 것의 공허한 얼굴을 지닌 것이 아니라, 기다리는 자연이었으며 경건하게 운명을 맞을 채비가 되어 있었다.

소년이었을 적 축제일 아침에, 성탄절이나 부활절 아침에 세계를 그렇게 바라보았다. 세상이 아직도 그렇게 아름다울 수 있다는 것을 알지 못했다. 내면을 향해 가는 삶을 살아가는 데 익숙했었다. 또한 바깥에 있는 것에 대한 감각은 상실했다는 사실, 반짝이는 색채들의 상실은 유년의 상실과 불가피하게 연관되었다는 사실, 영혼의 자유로움과 남성다움을 어느 정도는 이 아름다운 광채의 포기로 지불해야만 한다는 사실을 감수하는 데도 익숙했었다.

이제 나는 그 모든 것이 다만 엎질러져 어둠에 묻혀 있었을 뿐이며, 유년의 행복을 포기하고 자유로워진 자에게도 세상이 빛을 내고 있는 모습을 바라보고, 어린아이의 시각으로 내밀한 전율을 맛보는 것이 가능하다는 것을 황홀한 기분으로 알게 되었다.

지난밤 막스 데미안과 작별했던 교외의 정원을 다시 찾아가는 시간이 왔다. 비에 젖어 잿빛이 도는 키 큰 나무들 뒤로 작은 집이 환한 빛을 발하며 아늑하게 숨겨져 있었다. 커다란 유리벽 뒤에는 키 큰 다년생 화초목들이, 말갛게 닦인 창문 뒤에는 그림과 서가가 달린 어두운 벽들이 있었다. 현관문은 작고 따뜻한 홀로 곧바로 이어졌다. 검은 옷에 흰 앞치마를 입은 말없는 늙은 하녀가 나를 맞으며 외투를 받아주었다.

그녀는 나를 홀에 혼자 남겨 두었다. 주위를 둘러보았다. 나는 내 꿈 한가운데 있었다. 문 뒤, 위쪽 짙은 색 목재 벽에 걸린 검은 유리 액자 속에 잘 아는 그림이, 지각을 뚫고 나오려고 몸을 솟구치고 있는 황금빛 매의 머리를 가진 나의 새가 들어 있었다. 사로잡힌 듯 나는 멈춰 섰다. 마음이 기쁘기도 하고 슬프기도 했다. 마치 이 순간에 내가 행하고 경험한 모든 것이 대답과 성취가 되어 되돌아오는 것만 같았다. 번개같이 빠르게 한 무리의 영상들이 나의 뇌리를 스쳐갔다. 대문 아치 위에 오래된 돌 문장이 있는 부모님 댁, 그 문장을 그리던 소년 데미안, 나의 적 크로머의 나쁜 마술에 얽혀들어 꼼짝 못하며 두려움에 차 있는 소년인 나, 조용한 교실 책상에서 내 그리움을 그림으로 그리는 청년인 나, 마음의 실가닥들이 얽힌 그물 속에 스스로 얽혀든 영혼―그리고 모든 것이, 이 순간까지 있었던 모든 것이 마음속에서 메아리치면서 긍정과 답변을 얻고 인정받았다.

축축해진 눈으로 나는 그림을 응시하면서 내 마음을 읽었다. 그때 시선이 아래로 향했다. 새 그림 아래 열린 문에 짙은 색 옷을 입은 키 큰 여성이 서 있었다. 그녀였다.

나는 아무 말도 할 수 없었다. 아들의 얼굴과 똑같이 시간과 나이가 없이 혼이 깃든 의지로 충만한 얼굴로, 아름답고 기품 있는 여성이 나를 향해 다정하게 미소 짓고 있었다. 그녀의 시선은 성취였다. 그 인사가 뜻하는 것은 귀향이었다. 말없이 나는 그녀에게 두 손을 내밀었다. 내 손을 그녀가 힘 있고 따뜻한 두 손으로 마주 잡았다.

"싱클레어죠. 금방 알아봤어요. 어서 오세요!"

그녀의 목소리는 깊고 따뜻했다. 나는 감미로운 포도주처럼 그 목소리에 젖어들었다. 눈을 들어 그녀의 고요한 얼굴을, 깊이를 헤아리기 어려운 검은 눈을 들여다보았다. 신선하고 성숙한 입을, 자유롭고 당당한, 표시를 지닌 이마를 쳐다보았다.

"얼마나 기쁜지 모르겠습니다!"

이렇게 말하며 그녀의 두 손에 키스했다.

"제 모든 생애는 늘 길 위에 있었던 것 같습니다. 그런데 지금 집으로 돌아왔습니다."

그녀가 어머니처럼 미소 지었다.

"결코 집으로 아주 돌아오지는 못하지만……."

그녀가 다정하게 말했다.

"친한 길들이 서로 만나는 곳, 거기서는 온 세계가 잠깐 고향처럼 보이지요."

그녀의 대답은 그녀에게로 오는 길에 느낀 것이었다. 그녀의 목소리와 말은 아들과 매우 닮았으면서도 전혀 달랐다. 모든 것이 더 성숙하고, 더 따뜻하고, 더 자명했다. 막스가 예전에 그 누구에게도 소년의 인상을 주지 않았던 것처럼 그의 어머니는 전혀 장성한 아들을 둔 어머니처럼 보이지 않았다. 그녀의 얼굴과 머리카락 주위로 감도는 숨결은 젊고 감미로웠다. 금빛 도는 피부는 팽팽하고 주름이 없었다. 입은 생기발랄했다. 꿈속에서보나오 너 낭낭하게 그녀는 내 앞에 서 있었다. 그녀 곁에 있음은 사랑의 행복이었다. 그녀의 시선은 성취였다!

이것은 그러니까 운명이 나에게 스스로를 새로운 영상으로 보여준 것이었다. 더 이상 엄격하지 않고, 더 이상 고독하지 않으며, 아니 성숙하고 환희에 가득 찬 모습이었다! 나는 결심을 하지도 않았고 맹세를 하지도 않았다.—그런데도 나는 목표에, 높은 길이 난 곳에 도달한 것이다. 거기서부터 계속되는 길은 멀리 찬란하게 약속의 땅을 향해 나 있었다. 그 길은 가까이에 있는 행복의 나무 가지들로 드리워지고, 가까이에 있는 온갖 열락의 동산들로 서늘해져 있었다.

어떻게 되든 나는 행복했다. 세상에서 이 여성을 안다는 것이, 그 목소리에 젖어든다는 것이, 그녀 곁에서 숨 쉰다는 것이. 그녀가 내게 어머니가 되든, 연인이 되든, 여신이 되든 그녀가 거기 있기만 하다면! 나의 길이 그녀의 길에 가깝기만 하다면!

그녀는 나의 매 그림을 가리켰다.

"이 그림을 받았을 때만큼 우리 막스가 기뻐한 적은 없어요." 그녀가 생각에 잠겨 말했다.

"나도 그렇고요. 우린 당신을 기다렸답니다. 이 그림이 왔을 때, 당신이 우리에게 오는 중이라는 것도 알았지요. 당신이 소년이었을 때, 싱클레어, 어느 날 내 아들이 학교에서 오더니 말했지요. '이마에 표시를 지닌 소년이 하나 있어. 그 애는 분명 내 친구가 될 거야'라고요. 그게 당신이었어요. 사는 게 쉽지 않았겠지요. 그러나 우린 당신을 믿었답니다. 방학 때 집에 왔을 때 다시 막스와 만났지요. 열여섯 살 때쯤이었을 거예요. 막스가 나한테 그 얘길 했어요."

내가 중단시켰다.

"오, 막스가 그런 말을 해드리다니! 그땐 제가 가장 비참했던 시절이었어요!"

"그래요. 막스가 나한테 이러더군요. '지금 싱클레어에게 가장 큰 어려움이 닥쳐 있어요. 그 애는 다시 한 번 공동체 속으로 도피하려는 시도를 하고 있어요. 심지어 술집 단골이 되었어요. 그러나 그렇게는 안 될 거예요. 그의 표시가 가려져 있지만, 그것이 아무도 모르게 그를 불태우고 있으니까요'라고요. 그렇지 않았나요?"

"그래요, 그랬어요. 꼭 그랬어요. 그다음에 저는 베아트리체를 발견했고 마침내 저를 제 자신에게 이끌어주는 인도자가 왔지요. 그는 피스토리우스예요. 그때야 왜 저의 소년 시절이 막스와 그렇게 결합되었는지, 왜 제가 그에게서 벗어날 수 없었는지 분명히 알게 되었습니다. 아주머니, 아니 어머니, 전 자주 생각했어요. 죽어야겠다고요. 그 길은 누구에게나 그렇게 어렵습니까?"

그녀가 바람처럼 가볍게 손으로 내 머리를 쓸어 넘겨주었다.

"그건 늘 어려워요. 태어나는 것은요. 아시죠, 새는 알에서 나오려고 애를 쓰지요. 돌이켜 생각해보세요. 그 길이 그렇게 어렵기만 했나요? 아름답지는 않았나요? 혹시 더 아름답고 더 쉬운 길을 알았던가요?"

나는 고개를 가로저었다.

"그건 힘들었어요." 내가 잠꼬대처럼 말했다.

"힘들었어요. 꿈이 올 때까지는요."

그녀가 고개를 끄덕이며 꿰뚫어보듯이 나를 바라보았다.

"그래요, 자신의 꿈을 찾아내야 해요. 그러면 길은 쉬워지지요. 그러나 영원히 지속되는 꿈은 없어요. 어느 꿈이든 새 꿈으로 교체되지요. 그러니 어느 꿈에도 집착해서는 안 돼요."

나는 몹시 놀랐다. 놀람이 벌써 하나의 경고였을까? 방어였을까? 경고든 방어든 아무래도 상관없었다. 나는 그녀의 인도를 받으며 목적지에 대해서는 묻지 않을 각오가 되어 있었다.

"모르겠습니다." 내가 말했다.

"얼마나 오래 제 꿈이 지속될지, 이것이 영원했으면 하고 소망합니다. 새 그림 아래서 제 운명이 저를 맞아주었습니다. 어머니처럼, 그리고 연인처럼요. 제 주인은 운명입니다. 달리 그 누구도 아닙니다."

"그 꿈이 당신의 운명인 한 당신은 그 꿈에 변함없이 충실해야겠지요."

그녀가 진지하게 확인시켜 주었다.

한 가닥 슬픔이, 이렇게 매혹당한 순간에 죽었으면 하는 간절한 소망이 나를 사로잡았다. 눈물이—얼마나 오랫동안 울지 않았던가!—걷잡을 수 없이 솟구쳐 나와 나를 압도했다. 나는 급히 몸을 돌려 창가로 가서 흐려진 눈으로 화분의 꽃 너머를 바라보았다.

등 뒤에서 그녀의 목소리가 들렸다. 침착하면서도, 술이 넘치도록 채워진 잔처럼 애정으로 가득 차 있었다.

"싱클레어, 어린아이로군요! 운명은 당신을 사랑하고 있는데요. 언젠가 완전히 당신의 것이 될 거예요. 당신이 꿈꾸던 대로요. 변함없이 충실하면요."

나는 감정을 누르고 다시 그녀에게로 향했다. 그녀가 손을 내밀었다.

"난 친구가 몇 명 있어요." 그녀가 미소를 띠고 말했다.

"몇 안 되는 아주 가까운 친구들이죠. 그들은 나를 에바 부인이라고 그래요. 당신도 나를 그렇게 불러요, 원한다면요."

그녀가 나를 문까지 데려다주고 문을 열며 정원을 가리켰다.

"저기 바깥에 막스가 있어요."

큰 나무 아래 나는 마비되고 큰 충격을 받은 채 서 있었다. 그 어느 때보다 더 깨어 있었는지 아니면 더 꿈꾸고 있었는지는 알 수 없었다. 나뭇가지에서 빗방울이 가볍게 떨어지고 있었다. 나는 천천히 정원 안으로 들어섰다. 정원은 강기슭을 따라 멀리 이어지고 있었다. 마침내 데미안을 찾아냈다. 그는 문이 열린 작은 정자에 웃통을 벗은 채로 서서, 걸려 있는 샌드백을 상대로 권투 연습을 하고 있었다.

놀라서 나는 멈추었다. 데미안은 화사해 보였다. 넓은 가슴, 단단하고 남자다운 머리통, 근육이 팽팽한 두 팔은 탄탄하고 실팍했다. 허리, 어깨, 팔 관절이 콸콸 솟는 샘처럼 움직이고 있었다.

"데미안!" 내가 불렀다. "거기서 뭐 해?"

그가 쾌활하게 웃었다.

"연습하는 거야. 그 작은 일본 사람하고 격투를 한 판 벌이기로 했거든. 그자는 고양이처럼 날쌔고 그만큼 꾀도 있지만 날 해치우지는 못할걸. 그에게 갚아야 할 작은 굴욕이 있거든."

그는 내의와 웃도리를 걸쳤다.

"벌써 어머닐 만나고 왔니?" 그가 물었다.

"그래, 데미안. 어쩌면 그렇게 근사하시지! 에바 부인! 이름이 완벽하게 어울리더라. 모든 본질의 어머니 같으셔."

그가 한순간 생각에 잠겨 내 얼굴을 들여다보았다.

"이름을 벌써 아는구나? 이봐, 넌 자랑스러워해도 되겠다. 어머니가 처음 만나자마자 이름을 말해준 건 네가 처음이야."

그날부터 나는 아들이자 형제처럼, 연인처럼 그 집을 드나들었다. 등 뒤로 문을 닫고 들어설 때면, 멀리서 정원의 큰 나무들이 나타나는 것이 보이기만 해도, 나는 벌써 풍요롭고 행복했다. 바깥에는 '현실'이 있었다. 바깥에는 거리와 집, 사람과 시설들, 도서관과 강의실이 있었다. 그러나 여기 안에는 사랑과 영혼이 있었다. 여기에는 동화와 꿈이 살고 있었다. 그렇다고 세상으로부터 차단된 건 결코 아니었다. 우리는 사고하고 대화하는 가운데 종종 그 세계의 한가운데서, 다만 다른 영역에서 살고 있었던 것이다. 우리는 대다수의 사람들과 어떤 경계선에 의해 갈라져서 사는 것이 아니라, 단지 다르게 바라보는 방식에 의해 갈라져 있었다. 우리의 과제는 이 세계 안에서 하나의 섬을, 어쩌면 하나의 모범을 표현하는 것이었는데, 그것은 다르게 살아가는 가능성을 알려주는 것이었다.

내가, 오래 고독했던 내가, 완전한 혼자임을 맛본 사람들 사이에 존재하는 공동체를 알게 되었다. 다시는 행복한 사람들의 연회를, 즐거운 사람들의 축제를 갈망하지 않을 것이다. 다시는 다른 사람들의 단체를 보고 시샘하거나 향수를 떠올리지 않을 것이다. 나는 천천히 '그 표시'를 지닌 사람들의 비밀을 전수 받았다.

표시를 가진 우리는 세상의 눈에는 이상한 사람이나 위험한 광인으로 비칠지도 몰랐다. 그것도 틀린 말은 아니지만, 우리는 깨어난 사람 혹은 깨어나고 있는 사람들이었다. 우리의 노력은 점점 더 완벽한 각성을 지향했다. 반면 다른 사람들의 노력과 행복 추구는, 그들의 의견, 이상과 의무, 삶과 행복을 점점 더 긴밀하게 패거리에 묶는 것이었다. 그곳에도 노력과 힘과 위대함은 있었다. 그러나 우리의 견해로는 표시를 가진 이들은 새로운 것, 개별화된 것, 미래의 것을 향한 자연의 뜻을 제시하는 반면, 다른 이들은 완고하게 고수하겠다는 의지 속에 살고 있었다. 그들에게는—우리처럼 사랑하는—인류란 뭔가 완성된 것, 보존되고 지켜져야 하는 것이었다. 반면 우리에게 인류란 하나의 먼 미래, 우리 모두가 그것을 향해 가는 도중에 있고, 그 모습은 아무도 모르는, 그 법칙은 어디에도 쓰여 있지 않은 미래였다.

에바 부인과 막스 그리고 나 말고도 우리 모임에는, 멀든 가깝든 간에, 다양한 종류의 구도자들이 있었다. 그들 중 더러는 독특한 오솔길을 걸어갔다. 뚝 떨어진 목표를 세워 놓고 특별한 의견과 의무에 매달렸는데, 그 가운데는 점성술사이자 카발라 연구가들, 톨스토이 추종자, 다정하고 수줍어하며 상처 입을 수 있는 사람들, 소수 종파 추종자, 요가 수행자, 채식주의자 등이 있었다. 이들과 우리는, 다른 사람의 비밀스러운 꿈을 존중한다는 것 외에는 아무런 정신적 공유도 없었다.

다른 사람들은 우리와 좀 더 가까웠는데, 과거의 신이나 새로운 이상에 대한 인류의 추구를 쫓고 있었다. 이들의 연구는 자주 피스토리우스를 상기시켰다. 그들은 책을 가져왔고, 고대어로 쓰인 글을 번역해주었으며, 옛 상징과 의식의 도면을 보여주고, 보는 법도 가르쳐주었다. 이들은 지금까지 인류가 이상으로 소유해온 모든 것은 무의식적인 영혼이 꾼 꿈들로 이루어졌고, 인류가 더듬으며 미래의 가능성에 대한 예감을 따라갔던 꿈들로 이루어져 있다는 것을 알려주었다. 이렇게 해서 우리는 고대 세계의 수천 개의 머리를 가진 경이로운 신들의 뒤얽힌 무리에서부터 기독교로의 방향 전환이 이루어지는 여명기까지를 훑어보았다.

고독하고 경건한 사람들의 신앙고백은 잘 알고 있었다. 민족에서 민족으로 이어지는 종교의 변천도 그랬다. 우리가 모은 모든 것에서 우리 시대와 지금의 유럽에 대한 비판이 나왔다. 유럽은 엄청난 노력을 기울여 막강한 새 무기를 만들어냈지만 결국 통탄할 만한 정신의 황폐화에 빠져버리고 말았다. 유럽은 온 세계를 획득하느라 자기의 영혼을 잃어버리고 말았던 것이다.

여기에도 특정한 희망과 구원의 교리를 믿는 신도와 신봉자들이 있었다. 유럽을 개종시키려는 불교도들, 톨스토이 추종자들 그리고 다른 신앙도 있었다. 작은 모임 안에서 우리는 귀 기울여 들었고 이

교리 중의 그 어느 것도 다만 상징으로 받아들였다. 우리들 표시를 지닌 사람들에게는 미래가 어떤 모습을 지닐지 걱정해야 할 책임이 없었다. 우리가 보기에는 어느 종교든 구원론이든 애초부터 죽어 있고 무익했다. 우리가 의무이자 운명이라고 느끼는 것은 오로지 이것이었다. 우리 모두가 완전히 자기 자신이 되고, 자기 내부에서 작용하는 자연의 싹에 알맞게 적응하며, 불확실한 미래가 어떤 일을 초래하든 그 어떤 것도 맞이할 준비가 되어 있도록 의지대로 살아가야 한다는 것이었다.

왜냐하면 이미 말했든 안 했든, 새로운 탄생과 지금 체제의 붕괴가 가까워졌음을 느낄 수 있다는 사실이 우리 모두의 감정 속에서 분명했기 때문이었다. 데미안은 나에게 이따금 이렇게 말했다.

"지금 오고 있는 것은 생각할 수도 없는 무엇이야. 유럽의 영혼은 오래 묶어 있었던 짐승이야. 자유로워지면 그의 첫 활동은 그다지 사랑스럽지 않을 거야. 그렇게 오랫동안 거듭거듭 없는 것처럼 거짓말로 마비시켜 놓은 영혼의 진정한 곤궁이 드러나기만 하면 어느 길로 가든 그건 아무래도 괜찮아. 그때가 되면 우리의 날이 되는 거야. 그럼 사람들이 우리를 필요로 해. 인도자나 새로운 입법자로서가 아니라—새로운 법은 우리가 겪지 못하겠지—오히려 뜻 있는 자로서, 운명이 부르는 곳에 함께 서 있을 각오가 된 사람들로 말이야.

봐, 사람들은 자기의 이상이 위협당할 경우에는 믿을 수 없는 일도 할 각오가 되어 있지. 그러나 새로운 이상이나 흐름, 위험하고 무시무시한 발전이 움직임이 와서 문 두드릴 때는 아무도 거기 없어. 그때 거기 있다가 함께 갈 소수의 사람들이 바로 우리일 거야. 그러라고 우리에게는 표시가 찍혀 있어. 무서움과 증오를 일으켜 당시의 인류를 옹색한 목가牧歌 상태에서 끌어내 넓은 곳으로 몰아가도록 카인에게 표시가 찍혀 있었던 것처럼 말이야.

인류가 가는 길에 영향력을 발휘했던 사람들은 모두 하나같이, 그들에게 닥친 운명을 받아들일 자세였기 때문에, 오로지 그 때문에 능력을 발휘하고 영향을 끼칠 수 있었어. 그것은 모세와 부처에게 적용되고 나폴레옹과 비스마르크에게도 적용되지. 어떤 흐름에 헌신하느냐, 어떤 극의 다스림을 받느냐 그것은 자기가 선택할 수 있는 문제가 아니야.

만약 비스마르크가 사회주의자들을 이해하고 그들에 대비하고 있었더라면, 그는 현명한 신사는 될 수 있었을지 몰라도 운명의 인간은 되지 못했을 거야. 나폴레옹이 그랬고, 카이사르가 그랬고, 로욜라가 그랬어. 다들 그랬어! 그것을 늘 생물학과 진화론적으로 생각해야 돼!

지각변동이 물에 살던 동물을 뭍으로, 뭍에 살던 동물을 물로 던져 넣었을 때, 그때 운명에 준비된 예들이 있었지. 들어보지도 못한 새로운 것을 완수하고 새롭게 적응하며 자신의 종을 구해낼 수 있었던 예들 말이야. 그들의 종 안에서 보수주의자, 현상유지자들이었는지, 혹은 괴짜며 혁명가였는지 우린 몰라. 다만 그들은 준비가 되어 있었고 발전 단계를 넘어서 그들의 종족을 구해낼 수 있었던 거야. 그 사실을 우리는 알고 있어. 그래서 우리는 준비하려는 거야."

그런 대화들을 나눌 때 에바 부인이 자주 함께 있었다. 이런 식의 이야기를 함께 나누지는 않았지만, 생각을 말하는 우리에게 신뢰와 이해심이 가득한 경청자였다. 이런저런 생각은 메아리였다. 모두 그녀에게서 나와 그녀에게로 되돌아가는 것처럼 보였다. 그녀 가까이에 앉아서 이따금씩 그 목소리를 듣고 그녀를 에워싼 성숙한 영혼의 분위기에 젖어보는 게 큰 행복이었다.

나의 내면에서 어떤 변화나, 근심 또는 쇄신이 일어나고 있으면 그녀는 즉시 그것을 느꼈다. 내가 꾸었던 꿈들은 마치 그녀가 불어넣어준 영감처럼 보였다. 나는 그녀에게 자주 꿈 이야기를 들려주었다. 그 꿈들은 그녀에게는 이해되는, 자연스러운 것이었다. 그녀가 쫓아갈 수 없는 특별한 것은 없었다. 한동안 낮에 나누었던 대화를 그대로 옮겨 놓은 것 같은 꿈들을 꾸었다. 온 세계가 뒤흔들리는 꿈을, 나 혼자 혹은 데미안과 함께 긴장한 채 위대한 운명을 기다리는 꿈을 꾸었다. 운명은 가리워 있었다. 왠지 에바 부인의 표정을 지니고 있었다.─그녀로부터 선택당했든 배척당했든, 그것은 운명이었다.

더러 그녀는 나에게 미소를 띠고 말했다.

"당신의 꿈은 완전하지 않아요, 싱클레어. 최상의 것을 잊어버렸어요."

그러면 곧이어 그 생각이 다시 떠오르고 어떻게 그걸 잊어버렸는지 이해할 수 없는 경우도 있었던 것 같다.

때때로 나는 만족하지 못해 욕망에 시달렸다. 그녀를 포용하지 않고 곁에서 바라보는 걸 더 이상 견딜 수 없었다. 며칠 그 집엘 가지 않다가 마음이 산란해져서 다시 가니, 그녀가 나른 한편으로 데리고 가서 말했다.

"당신은 스스로 믿지 못하는 소망에 몰두해서는 안 돼요. 당신이 무엇을 원하고 있는지 나는 알아요. 당신은 그런 소망들을 버리거나, 아니면 완전하고 올바르게 원해야 해요. 만약 그런 소망이 이루어질 거라고 확신할 정도로 바랄 수 있다면, 그 소망은 이루어질 거예요. 그러나 당신은 소망하고 다시 후회하면서 두려워하고 있어요. 그 모든 걸 극복해야 해요. 동화를 하나 들려줄게요."

그녀는 별과 사랑에 빠진 청년에 대한 이야기를 들려주었다. 청년은 바닷가에 서서, 두 손을 뻗어 별에게 기도했고, 별에 대해 꿈꾸고, 그의 생각을 별에게 집중했다. 그는 알았다. 혹은 안다고 생각했다. 별은 인간의 포옹을 받을 수 없다는 것을. 그는 성취에 대한 희망도 없이 별을 사랑하는 걸 자기의 운명이라고 여겼다. 그는 이 생각에서부터 포기와 변함없는 고통, 자기를 개선시키고 정화시킬 고통에 대한 삶 전체를 다룬 시를 지었다.

그의 꿈은 모두 별에게 쏠렸다. 한번은 그가 바닷가 높은 절벽에 서서 별을 쳐다보며 별에 대한 사랑으로 불타고 있었다. 극도로 커진 그리움의 한순간 그는 별을 향해 펄쩍 뛰어올라 허공으로 몸을 던졌다. 뛰어드는 순간 번개같이 퍼뜩 그를 스치는 생각이 있었다. 이건 있을 수 없는 일이야! 결국 그는 바닷가에 으스러진 채 떨어지고 말았다. 사랑의 힘을 그는 이해하지 못했다. 만약 뛰어드는 순간에 성취를 굳건하게 확신하는 영혼의 힘을 가졌더라면, 그는 위로 날아올라 별과 하나가 되었을지도 모른다.

"사랑은 간청해서는 안 돼요." 그녀가 말했다.

"강요해서도 안 되고요. 사랑은 그 자체로 확신에 이르는 힘을 가져야 해요. 그러면 사랑은 더 이상 이끌리는 것이 아니라 스스로 끌어가지요. 싱클레어, 당신의 사랑은 나에게 끌리고 있어요. 언젠가 내가 아니라 당신의 사랑이 나를 끌면 그러면 내가 갈 거예요. 나를 선물로 주고 싶지는 않아요. 쟁취되고 싶어요."

다음번에 그녀는 다른 동화를 들려주었다. 희망 없이 사랑하는 연인이 하나 있었다. 그는 완전히 자기의 영혼 속으로 되돌아가 사랑에 불타버리고 있다고 생각했다. 그에게는 세상이 없어져버렸다. 푸른 하늘도 초록 숲도 더는 보지 않았다. 개울물도 그에게는 소리를 내지 않았고, 하프도 그에게는 울리지 않았다. 모든 것이 가라앉았고 그는 가엾고 비참하게 되었다. 그러나 그의 사랑은 커져만 갔다. 사랑하는 그 여인을 소유하지 못하느니 차라리 죽어 썩어 버렸으면 했다. 그때 그는 자기의 사랑이 마음속의 다른 모든 것을 불태워버렸음을 감지했다. 사랑은 힘을 얻어서 당기고 당겼으며 그 아름다운 여인은 따를 수밖에 없었다.

그녀가 왔다. 그는 두 팔을 활짝 벌리고 서서 그녀를 자기에게로 끌어당겼다. 그러나 그녀가 그 앞에 서자 그녀의 모습은 완전히 달라져 있었다. 자기가 잃어버린 모든 세계를 자기에게로 끌어당겨 놓았음을 보고 그는 전율했다. 그 세계는 그 앞에 서서 그에게 몸을 내맡겼다. 하늘과 숲 그리고 개울, 모든 것이 새로운 색깔로 신선하고 찬란하게 그를 마주 대하고 있었다. 그의 것으로서, 그의 언어로 말했다. 그저 여자 하나를 얻는 대신 그는 마음속에 온 세계를 소유했다. 하늘의 별 하나하나가 그의 안에서 불타고 그의 영혼을 통해 기쁨의 빛을 뿜어냈다. ─그는 사랑을 하면서 자신을 발견한 것이다. 그러나 대부분의 사람들은 사랑하면서 자신을 잃어버린다.

에바 부인에 대한 내 사랑이 내 삶의 유일한 내용인 것처럼 보였다. 그 사랑은 날마다 다르게 보였다. 이따금 내 본성이 이끌려 가려고 노력하는 것은 그녀라는 실제 인물이 아니고 그녀는 다만 내 내면의 한 상징이며, 단지 나를 더 깊이 자신 속으로 인도하려 한다는 확신이 들었다. 종종 내 마음을 흔드는 급박한 질문들에 대해 나의 무의식이 대답하는 듯한 말을 그녀에게서 들었다.

그런 다음에는 또다시, 내가 그녀 곁에서 관능적 욕망에 불타면서 그녀가 만졌던 물건들에 입을 맞추는 순간들이 있었다. 점차 관능적이면서 관능적이지 않은 사랑이, 현실과 상징이 서로 겹치며 밀려왔다. 내 방에서 조용히 생각할 때면, 그녀의 손이 내 손에, 그녀의 입술이 내 입술에 닿는 것 같은 느낌이 들었다. 간혹 내가 그녀 옆에서 그 얼굴을 바라보고 말하며 목소리를 듣고 있으면서도 그 여인이 실제로 거기에 있는지, 꿈은 아닌지 분별할 수 없는 때가 있기도 했다.

나는 어떻게 하면 사랑을 불멸의 것으로 소유할 수 있는지를 예감하기 시작했다. 어떤 책을 읽다가 새로운 인식을 갖게 되었는데, 그것은 바로 에바 부인의 입맞춤 같은 느낌이었다. 그 여인이 내 머리카락을 쓰다듬고, 그녀의 성숙하고 향기로운 온기를 미소로 보내주었을 때, 나는 마치 내 안에서 한 걸음 진보를 이루어낸 것 같았다. 나에게 중요하고 운명이었던 모든 것은 그 여인의 모습을 지녔다. 그녀의 모습은 내 생각 중에 어떤 것으로도 변할 수 있었고, 내 생각 하나하나가 그 여인으로 변할 수도 있었다.

부모님 댁에서 지낸 성탄절 휴가 때, 나는 두려웠다. 두 주일이나 에바 부인과 떨어져 살아야 하는 것은 고통이라고 생각했다. 그러나 그것은 큰 고통이 아니었다. 집에 있으면서 그녀를 생각하는 것도 근사했다. H시로 되돌아오고 나서도 나는 이틀 동안 그녀의 집에 가지 않았다. 안정감과 그 여인이 감각적으로 존재하고 있다는 것에서 벗어난 해방감을 누리기 위해서였다.

나는 그녀와 나의 결합이 새로운, 비유적 방식으로 완수되는 꿈을 꾸었다. 그녀는 바다였고 나는 그 안으로 흘러들고 있었다. 그녀는 별이었고 나도 별 하나로 그녀에게 가는 도중이었는데, 우리는 서로 만났고 서로 끌어당겼음을 느꼈다. 함께 머물며 서로의 주위에 가까이 소리를 내며 울리는 원을 그리면서 영원토록 행복하게 돌고 있었다.

처음으로 다시 찾아갔을 때 이 꿈을 그녀에게 이야기해주었다.

"그 꿈 아름다운데요." 그녀는 조용히 말했다.

"그 꿈을 실현시키세요."

이른 봄날, 결코 잊을 수 없는 하루가 찾아왔다. 나는 홀로 방에 들어섰다. 창문이 열려 있었고 미풍의 물결이 히아신스의 짙은 향기를 방 안에 퍼뜨리고 있었다. 아무도 보이질 않아서 나는 계단을 올라 데미안의 서재로 들어갔다. 늘 그랬던 것처럼 대답을 기다리지 않고 가볍게 문을 두드리고는 들어섰다.

방은 어두웠고 커튼이 모두 쳐져 있었다. 막스가 화학 실험실을 차려놓은 곁방으로 통하는 문이 열려 있었다. 거기서부터 봄 태양의 환한 빛이 비구름을 뚫고 빛났다. 아무도 없다고 생각하고 커튼을 젖혔다.

거기 작은 의자, 커튼 쳐진 창 가까이에 데미안이 기이하게 변해서 웅크리고 앉아 있었다. 번개처럼 한 생각이 스쳤다. 한 번쯤 본 모습이다! 그는 두 팔을 꼼짝도 않고 늘어뜨리고 있었다. 두 손은 무릎에, 몸은 약간 앞으로 숙인 채 두 눈을 뜬 얼굴은 시선이 없었고 죽어 있었다. 동공은 한 조각 유리처럼 번들거리는 작은 빛이 반사되어 번쩍였다. 창백한 얼굴은 내면으로 가라앉아 무섭게 응시하는 것 말고는 다른 표정이 없었다. 마치 사원 현관에 있는 태곳적 동물의 가면처럼 보였다.

기억이 나를 전율케 했다. 저렇게, 꼭 저렇게 하고 있는 그를 여러 해 전, 아직 소년이었을 때 한 번 본 적이 있다. 그때도 두 눈은 저렇게 내면을 응시했고 두 손은 생명 없이 나란히 가지런히 놓여 있었다. 파리 한 마리가 그의 얼굴 위를 기어갔다. 어쩌면 여섯 해쯤 전에, 바로 저렇게 늙고 저렇게 시간을 초월한 듯 보였다. 얼굴의 주름 하나도 오늘과 다르지 않았다.

두려움이 엄습해서 나는 가만히 방을 나와 계단을 내려왔다. 홀에서 에바 부인을 만났다. 그녀는 창백했고 지쳐 보였다. 그녀에게서 보지 못했던 표정이었다. 그림자 하나가 창문을 스치면서 눈부신 태양이 갑자기 사라졌다.

"막스한테 갔었어요." 내가 얼른 낮은 소리로 말했다.

"무슨 일이 있었나요? 그는 자고 있거나 명상에 잠겨 있는 것 같은데. 잘 모르겠어요. 전에도 저런 모습을 한 번 본 적이 있어요."

"그 앨 깨우진 않았죠?" 그녀가 급하게 물었다.

"네. 제 소릴 듣지 못했어요. 얼른 다시 나왔고요. 에바 부인, 말해주세요. 막스가 왜 그렇지요?"

"침착해요, 싱클레어. 그 애한테 무슨 일이 일어난 게 아니에요. 돌아가 있는 거랍니다. 오래 걸리지 않을 거예요."

그녀는 일어나 비가 오는 정원으로 나갔다. 함께 가서는 안 될 것 같아서 홀 안을 왔다 갔다 했다. 마비시킬 듯한 히아신스의 향내를 맡았다. 문 위에 있는 새 그림을 응시하면서 마음 졸이며, 그날 아침 이 집을 채우고 있던 기이한 그림자를 호흡했다. 그것은 무엇이었을까? 어떤 일이 일어났을까?

에바 부인은 곧 돌아왔다. 그녀의 짙은 머리카락에 빗방울이 방울방울 맺혀 있었다. 그녀는 안락의자에 앉았다. 피로가 온몸을 뒤덮었다. 나는 다가가 그녀 위로 몸을 숙이고 머리카락에 매달린 물방울들을 입 맞추어 떼어 냈다. 그녀의 두 눈은 환하고 고요했다. 물방울에서 눈물 같은 맛이 났다.

"그를 살펴보고 올까요?" 내가 나직이 물었다.

그녀는 힘없이 미소 지었다.

"어린아이처럼 굴지 말아요, 싱클레어!" 마치 자기 안에 있는 어떤 마력을 깨뜨리기라도 하려는 듯이 그녀는 큰 소리로 경고했다.

"지금은 갔다가 나중에 다시 오세요. 지금은 같이 이야기할 수가 없네요."

나는 떠났고 집을 나와 도시를 지나 산으로 빨리 걸어갔다. 비스
듬히 내리는 성긴 비가 떨어졌다. 구름은 낮고 무거운 압력을 받으
며 불안에 싸인 듯 흘러갔다. 아래쪽에는 거의 바람이 불지 않았는
데, 높은 곳에는 폭풍이 부는 것 같았다. 잠깐씩 금속빛 어두운 구
름에서 창백한 햇살이 눈부시게 비쳐 나왔다.

하늘 너머로 노란빛 엷은 구름 하나가 떠다녔다. 그 구름은 잿빛
벽에 막혀 더 가지 못하고 멈추더니 몇 분 지나지 않아, 노란빛과 푸
른빛에서 형상 하나를 만들었다. 거대한 새의 모습이었다. 그 새는
푸른 혼돈을 큰 날갯짓으로 떨치며 하늘 속을 날아서 사라졌다. 그
러더니 다시 폭풍우 소리가 들렸고, 비와 우박이 섞여 요란하게 타
다닥 소리를 내며 쏟아져 내렸다. 믿을 수 없을 정도로 무서운 소리
를 내는 짧은 천둥 번개가 채찍질 당한 풍경 위에서 와지끈 부서졌
다. 그 후 곧바로 한 줄기 밝은 빛이 내비쳤고, 갈색 숲 너머 가까운
산 위에 쌓인 창백한 눈이 어슴푸레 비현실적으로 빛나고 있었다.

몇 시간 뒤 비에 젖고 창백해져서 돌아오니 데미안이 직접 현관
문을 열어주었다.

그는 나를 자기 방으로 데리고 올라갔다. 실험실에서는 가스 불
꽃이 타고 있었고 종이가 여기저기 널려 있었다. 무슨 작업 중이었
던 것 같았다.

"앉자." 그가 권했다.

"피곤하겠는데, 형편없는 날씨군. 바깥에 한참 있었나본데. 곧 차

를 가져올 거야."

"오늘 무슨 일이 있었던 거지지." 내가 망설이며 말했다.

"그저 약간의 비바람뿐일 수는 없어."

그가 나를 탐색하듯 바라보았다.

"무얼 보았지?"

"응. 한순간 구름 속에서 분명한 형상 하나를 보았어."

"무슨 형상?"

"새였어."

"매? 그것이었지? 네 꿈의 새였지?"

"맞아. 그건 내 매였어. 노란색이고 거대했는데 검푸른 하늘 속으로 날아갔어."

데미안은 깊게 숨을 내쉬었다. 노크 소리가 났다. 늙은 하녀가 차를 가져왔다.

"들어봐, 싱클레어. 네가 그 새를 우연히 본 것이 아니라고 생각하는데?"

"우연히? 그런 걸 우연히 볼 수 있어?"

"그럼, 아니지. 무언가 뜻이 있지. 무엇인지 알겠니?"

"아니. 나는 그것이 어떤 충격이거나 운명 속의 한 걸음을 의미한다는 거라고 느껴. 그게 우리 모두와 관계가 있다고 생각해."

그는 격한 걸음으로 왔다 갔다 했다.

"운명 속의 한 걸음이라고!" 그가 크게 외쳤다.

"나도 지난밤에 똑같은 꿈을 꾸었어. 어머니는 어제 예감하셨는데 그것도 같은 이미였어. 내가 꾼 꿈은, 나뭇등걸이나 탑에 놓인 어떤 사다리를 타고 위로 올라가니 온 나라가 보였어. 커다란 평야였는데, 도시와 마을이 있는 온 나라가 불타고 있는 거야. 아직 다 말해주지는 못하겠어. 내게도 분명하지는 않거든."

"그 꿈을 너와 연관시켜서 해석하니?" 내가 물었다.

"나와 관련시키느냐고? 물론이지. 아무도 자기와 관계없는 꿈을 꾸지는 않아. 그러나 나만 관계되는 것도 아냐. 그 점에서 네가 옳아. 난 꽤 정확하게 꿈을 구분하지. 내 영혼 속의 움직임을 알려주는 꿈과 다른 꿈들, 드물지만 온 인류의 운명이 암시되는 꿈을 말이야. 나중의 꿈들은 드물게 꾸는데, 그건 예언이어서 성취되었다고 말할 수 있는 꿈은 한 번도 꾸지 않았어. 꿈 해석은 불확실하지만 분명하게 알고 있어. 나만 관련된 게 아닌 무언가를 꿈꾸었어. 그 꿈은 전에 꾼 꿈의 속편이었는데 예전의 꿈과 이어지는 것이었어. 이 꿈이었어, 싱클레어. 내가 말한 예감을 느꼈던 것은. 우리의 세계는 정말 썩었어. 우린 알지. 그렇지만 그건 몰락이나 그 비슷한 것을 예언할 이유는 못 될 거야.

그러나 몇 년째 꿈들을 꾸었는데, 거기서 추론하거나 느끼는 것은, 아니 무엇이든 간에 낡은 세계의 와해가 다가오고 있다는 것이야. 처음에는 아주 약하고 멀리 떨어진 예감이었는데 점점 더 분명하고 강해졌어. 내가 아는 건, 나도 함께 관련된 무엇인가 큰 것, 무서운 것이 저벅저벅 다가오고 있다는 것뿐이야. 싱클레어, 우린 우리가 가끔씩 얘기했던 걸 겪게 될 거야! 세계가 새로워지려 하고 있어. 죽음의 냄새가 나. 그 어떤 새로운 것도 죽음 없이 오진 않아. 내가 생각했던 것보다 더 충격적이야."

나는 놀라서 그를 응시했다.

"네 꿈의 나머지를 이야기해줄 수 없겠니?" 나는 수줍게 청했다.

그가 고개를 가로저었다.

"못하겠어."

문이 열리고 에바 부인이 들어왔다.

"여기 함께 있었구나! 혹시 슬퍼하고 있는 건 아니겠지?"

그녀는 생기가 돌았고 더 이상 피곤해 보이지 않았다. 데미안이 그녀에게 미소 지었다. 어머니가 겁먹은 아이들에게로 가듯 그녀는 우리들에게 왔다.

"슬프지는 않은데요, 어머니. 저희는 다만 이 새로운 표시의 수수께끼를 풀어보려고 했어요. 그러나 거긴 아무것도 없네요. 와야 할 것은 갑자기 올 겁니다. 그때가 되면 우리가 알 필요가 있는 것을 겪게 되겠지요."

나는 기분이 언짢았다. 작별을 하고 혼자 홀을 지나가는데, 시든 히아신스 향기에서 마치 송장 냄새가 나는 것 같았다. 그림자 하나가 우리 위에 드리워졌던 것이다.

8

종말의 시작

나는 여름 학기도 H시에 머물 수 있게 해놓았다. 집 대신, 우리는 거의 강가의 정원에 있었다. 격투에서 보기 좋게 진 일본인은 떠났고 톨스토이 추종자도 없었다. 데미안은 날이면 날마다 끈질기게 말을 타고 돌아다녔다. 나는 자주 그의 어머니와 단둘이 있었다.

가끔씩 나는 내 삶의 평화로움에 놀라곤 했다. 아주 오랫동안 혼자 있으면서 포기하는 연습을 하고, 내 자신의 고통과 힘들게 싸우는데 익숙해져 있었기 때문에, H시에서 보내는 이 몇 달이 마치 편안하고 황홀하게, 아름답고 유쾌한 일과 생각 속에서만 살 수 있는 꿈의 섬 같았다. 이것이 우리가 구상하는 보다 높은 새로운 공동체의 전주라는 것을 예감했다.

나는 넘치는 만족과 쾌적함 속에서 숨 쉬도록 태어난 사람이 아니었다. 고통과 초조함이 필요했다. 언젠가 이 아름다운 사랑의 영상에서 깨어나 오로지 고독과 싸움뿐인, 평화나 공존이란 없는 타인들의 차가운 세계 속에서 홀로, 온전히 홀로 다시 서게 되리라는 것도 예감하고 있었다.

내 운명이 아직도 이 아름답고 고요한 얼굴을 지니고 있다는데 기뻐하며 갑절의 다정함으로 에바 부인에게 바짝 다가갔다.

여름 몇 주일은 빠르고 쉽게 흘러갔다. 여름 학기가 벌써 끝나가고 있었다. 이별이 곧 닥칠 것이다. 나는 그걸 생각하지도 않았다. 나비가 꿀 많은 꽃에 빠져 있듯 아름다운 나날에만 매달려 있었다. 나의 참 좋은 시절이었다. 내 인생의 첫 성취였으며 동맹 속으로 내가 받아들여진 것을 뜻했다.—그다음에는 무엇이 올까? 나는 어쩌면 나 자신과 다시 싸워나갈 것이고, 그리움으로 괴로워하고, 꿈을 꿀 것이며, 혼자가 될 것이다.

그 무렵의 어느 날, 이런 예감이 너무나 강렬하게 엄습했다. 에바 부인에 대한 내 사랑이 갑자기 고통스럽도록 활활 타올랐다. 맙소사, 이제 곧 그녀를 더 이상 보지 못할 것이다. 그녀의 안정되고 다정한 발걸음이 집 안을 거니는 소리를 다시는 듣지 못할 것이며 내 책상 위에는 그녀의 꽃이 더 이상 없으리라.

대체 내가 무엇에 도달했던가? 나는 꿈꾸었고 행복에 잠겨 흔들렸다. 그녀를 획득하는 대신, 그녀를 얻기 위해 싸우는 대신, 그녀를 영원히 내게로 단숨에 끌어오는 대신! 그녀가 일찍이 진정한 사랑에 대해서 내게 말했던 모든 것이 떠올랐다. 그 많은 다정하면서도, 경고하는 말들, 나직한 유혹들, 어쩌면 약속들이 그걸로 내가 무얼 이루었는가? 아무것도! 아무것도 이룬 것은 없었다!

방 한가운데 서서, 모든 신경을 집중해 에바 부인을 생각했다. 내 영혼의 힘을 한데 모으려 했다. 내 사랑이 느껴지도록, 그래서 그녀를 내게로 끌어오도록. 그녀가 다가와 나의 포옹을 열망해야 했다. 나의 입맞춤이 그녀의 성숙한 사랑의 입술을 끝없이 헤쳐야만 했다.

나는 손과 발이 싸늘해질 때까지 긴장했다. 스르르 힘이 빠져나가는 듯했다. 잠시 내 속의 무언가가 단단하고도 긴밀하게 한데 모였다. 무엇인가 밝고 환한 것이. 잠시 심장에 수정 한 덩이를 지니고 있는 듯한 느낌이었다. 그리고 그것이 나의 자아라는 것을 알았다. 냉기가 가슴까지 차올랐다.

무서운 긴장에서 깨어났을 때, 뭔가가 다가오는 느낌이 들었다. 죽을 정도로 지쳐 있었지만 타오르는 듯한 황홀함 속에서 에바 부인이 방 안으로 들어오는 광경을 바라볼 마음의 준비는 되어 있었다.

그때 길에서 말발굽 소리가 망치 치듯 다가왔고 가깝고 거세게 울리다가 갑자기 멈추었다. 나는 창가로 뛰어갔다. 데미안이 말에서 내리고 있었다. 곧장 달려 내려갔다.

"무슨 일이지, 데미안? 어머니께 무슨 일이 있는 건 아니겠지?"

그는 내 말을 귀담아듣지 않았다. 몹시 창백했으며 땀이 이마 양쪽에서 뺨으로 흘러내리고 있었다. 열로 달아오른 말의 고삐를 정원 울타리에다 매고는 내 팔을 끼고 거리를 걸어 내려갔다.

"벌써 소식 들었니?"

나는 아무것도 몰랐다.

데미안은 내 팔을 누르며 어둡고 연민에 찬, 이상한 시선으로 내게 얼굴을 돌렸다.

"그래, 이봐. 이제 시작된 거야. 러시아와 긴장이 고조되고 있다는 건 알고 있지."

가까이에 아무도 없건만 그는 나직하게 말했다.

"아직 선포되지는 않았지만 곧 전쟁이 일어날 거야. 믿어. 이 일로는 널 더 번거롭게 하지 않았어. 그러나 그때부터 나는 세 번 해로운 징후를 보았어. 그러니까 세계의 몰락도 아니고, 지진도 아니고, 혁명도 아닐 거야. 전쟁일 거야. 그것이 어떻게 닥치는지 나도 보겠지! 기뻐들 하겠지. 벌써부터 다들 한번 터지기를 바라며 기대하고 있어. 그들에게는 삶이 지루했던 거야.—넌 곧 보게 될 거야, 싱클레어. 이건 다만 시작이야. 어쩌면 큰 전쟁이 될 거야, 몹시 큰 전쟁이. 이건 그저 처음에 불과해. 새로운 것이 시작되지. 낡은 것에 매달린 사람들에게 새로운 건 충격적이겠지. 넌 뭘 할 거니?"

나는 당혹스러웠다. 모든 것이 나에게 낯설고 믿어지지 않았다.

"모르겠는데, 넌?"

그가 어깨를 으쓱했다.

"동원령이 내리면 곧바로, 나는 들어가야 해. 난 대위거든."

"네가? 그건 전혀 몰랐는데."

"그래, 그게 내 적응의 한 형태였어. 알고 있지, 바깥으로는 눈에 띄는 걸 좋아하지 않아. 게다가 행동이 다소 지나쳐 정확하지 못한 편이지. 일주일 이내에 나는 전장에 서 있을 거야."

"맙소사."

"자, 이봐. 너무 감상적으로 생각해서는 안 돼. 살아 있는 사람을 향해 총 겨누기를 지휘하는 것이 즐거울 리 없지만 그건 부차적인 거야. 이제 우리는 누구나 큰 수레바퀴 안으로 들어와버렸어. 너도, 너도 분명 징집될 거야."

"그럼 네 어머니는, 데미안?"

그제야 나는 15분 전에 있었던 일을 생각해냈다. 세계가 얼마나 변했는가! 가장 감미로운 영상을 불러내기 위하여 모든 힘을 한데 모았었다. 그런데 이제 운명이 갑자기 위협적으로 무시무시한 가면을 쓰고 나를 바라보고 있는 것을 보았다.

"우리 어머니? 아, 어머니 걱정은 할 필요 없어. 어머니는 안전하셔. 세상에 있는 그 누구보다도 더 안전하셔. 어머니를 그렇게 사랑하니?"

"너도 알고 있었어?"

그는 환하게 껄껄 웃었다.

"이 어린애 같은 친구야! 물론 알고 있었지. 사랑하지도 않으면서 어머니한테 에바 부인이라고 말한 사람은 아무도 없었어. 아무튼, 어땠어? 네가 어머니나 나를 오늘 부른 거지, 안 그래?"

"그래, 내가 불렀어. 에바 부인을 불렀어."

"어머니가 들으셨어. 갑자기 나를 보내셨거든. 너한테 가봐야 된다고. 어머니께 방금 러시아에 대한 소식을 들려드리려고 하던 참이었는데 말이야."

우리는 돌아섰다. 더 많이 이야기하지 않았다. 그는 울타리에 매어두었던 말고삐를 풀고 말에 올라탔다.

위층 내 방으로 돌아오고 나서야 내가 얼마나 지쳐 있었는지 알았다. 데미안이 전한 소식과 그보다 더 조금 전의 긴장 때문이었다. 그렇지만 에바 부인은 내 소리를 들었다! 내 마음속의 생각이 그녀에게 가 닿은 것이다. 그녀 자신이 왔더라면 좋았을 텐데. 그렇지 않더라도 이 모든 것은 얼마나 특별하고 아름다운가!

이제 전쟁이 일어날 것이다. 우리가 여러 번 말했던 것이 이제 일어나기 시작할 것이다. 데미안은 그에 대해서 많은 것을 미리 알고 있었다. 얼마나 놀라운가! 지금 세계의 흐름이 더 이상 우리를 스쳐 가지 않는다는 것이, 그것이 지금 우리의 가슴 한가운데를 뚫고 지나간다는 것이, 모험과 거친 운명이 우리를 부르며, 머지않아 세계가 우리를 필요로 하고 우리를 변모시키는 순간이 온다는 것이. 데미안이 옳다. 이것은 감상적으로 받아들일 일이 아니다. 그토록 외로운 일인 '운명'을 내가 이제 많은 사람들과 온 세계와 공동으로 체험해야 한다는 것이 이상할 따름이었다. 그럼 좋다!

나는 준비가 되어 있었다. 저녁에 시내를 지나가는데 길모퉁이마다 흥분으로 들끓고 있었다. 어디서나 '전쟁'이란 말이 들려왔다!

나는 에바 부인 집으로 갔다. 우리는 정원의 정자에서 저녁을 먹었다. 내가 유일한 손님이었지만 전쟁에 대해서는 아무도 말이 없었다. 다만 늦게, 내가 떠나기 직전에 에바 부인이 말했다.

"사랑하는 싱클레어, 당신이 오늘 나를 불렀지요. 내가 왜 직접 가지 않았는지 당신은 알겠지요. 그러나 잊지 말아요. 당신은 이제 부름을 알고 있어요. 그러니 언젠가 그 표시를 지닌 누군가가 필요하거든 그때 다시 부르세요!"

그녀가 일어나 뜰의 어스름을 뚫고 앞서갔다. 당당하게 왕녀처럼, 비밀에 찬 여인은 말 없는 나무 사이를 걸어갔다. 그녀의 머리 위에서 수많은 별들이 조그맣고 사랑스럽게 빛나고 있었다.

내 이야기는 곧 끝난다. 사태는 급격히 진전되었다. 곧 전쟁이 발발했고 데미안은 제복에 은회색 외투를 입고는 낯선 모습으로 떠났다. 나는 그의 어머니를 집으로 바래다주었다. 곧 그녀와도 작별했다. 그녀는 내 입에 키스했고 한순간 나를 가슴에 안았다. 가까이에서 그녀의 큰 눈이 흔들림 없이 내 눈 안으로 타들어오고 있었다.

모든 사람들이 형제가 된 것 같았다. 그들은 조국과 명예를 말했다. 그것은 운명이었다. 그들 모두가 한순간 가림 없는 얼굴을 들여다본 운명이었다. 젊은 남자들은 병영에서 나와 기차에 올랐다. 많은 얼굴들에서 나는 표시 하나를—우리들의 표시였다—아름답고 가치 있는 표시 하나를 보았다. 사랑과 죽음을 의미하는 것이었다. 나 역시 한 번도 본 적 없는 사람들의 포옹을 받았다. 나는 그것을 이해했고 기꺼이 응답했다. 그들이 그렇게 하는 것은 일종의 도취였다. 운명의 뜻은 아니었지만 도취란 신성하다. 그들 모두가 짧고도 고무적인 시선으로 이미 운명의 두 눈을 들여다보았기 때문이다.

내가 전장으로 갔을 때는 거의 겨울이었다.

처음에 나는, 총격의 선정성에도 불구하고, 모든 것에 실망했다. 예전에 나는 한 인간이 하나의 이상을 위해 살 수 있는 일이 왜 그렇게 극단적으로 드문지에 대해서 깊이 생각해보았다. 지금 나는 많은 사람들이, 아니 모든 사람들이, 이상을 위해서 죽을 수 있다는 것을 알았다. 다만 그것은 개인적이거나 자유롭거나 선택한 이상이어서는 안 되었다. 그것은 공통적이고 부여받은 이상이어야만 했다.

그러나 시간이 흐르면서 내가 인간을 과소평가했음을 알았다. 그렇게 봉사와 공동의 위험이 그들을 제아무리 제복을 입혀 획일화해 놓았어도 나는 사람들, 살아 있는 사람, 죽어가는 사람들이 운명의 의지에 눈부시도록 접근하는 것을 보았다. 많은, 아주 많은 사람들이 공격 때문만이 아니라 어느 때나 확고하고 먼, 약간 신들린 듯한 눈빛을 지니고 있었다. 그런 시선은 목적 외에는 아무것도 모르며 엄청난 것에 몰두해 있음을 뜻한다. 이런 사람들은 그들이 무얼 원하든 믿고 생각한다. 자기들이 준비되어 있고, 쓸모 있다고, 그들에게서 미래가 형성되리라고. 그리고 세계가 점점 더 경직되어 세계와 영웅주의에, 명예와 낡은 이상에 맞추어진 것 같을수록 그만큼 더 요원하게, 더 거짓말처럼 외면적인 인간성의 목소리 하나하나는 울렸다. 이 모든 것은 다만 표면이었다. 전쟁의 외적이고 정치적인 목적에 대한 물음이 표면에 그치듯이. 깊은 곳에서는 무언가가 생성 중에 있었다. 새로운 인간성 같은 무엇이.

왜냐하면 많은 사람들을 보았고 그중 어떤 사람들은 바로 내 곁에서 죽었다. 그들에게는 미움과 분노, 살육과 말살이 대상에 매여 있지 않다는 통찰이 느껴졌다. 아니다. 대상들은 목표와 마찬가지로 완전히 우연이었다. 원래의 느낌, 가장 거친 느낌들도, 적에게 향해 있는 것이 아니었다. 그들의 유혈의 위업은 오로지 내면의, 그 자체에서 산산이 파열된 영혼의 발산이었다. 새로 태어나기 위해 광분해서 죽이고, 말살하고, 죽으려는 영혼의 발산이었다. 거대한 새가 안에서 나오려고 투쟁하고 있었다. 알은 세계였고 세계는 부서져야 했다.

　이른 봄날 밤, 우리가 점령한 농가 앞에서 나는 보초를 서고 있었다. 가끔씩 미풍이 불고 있었다. 높은, 플랑드르의 하늘을 구름 떼가 몰려가고 있었다. 구름 뒤 어디쯤엔가 달이 있으리라는 예감. 온종일 나는 불안했다. 어떤 근심이 내 마음을 어수선하게 했다. 지금, 어두운 자리에서 보초를 서며 나는 간절하게 내가 지금껏 살아온 삶의 영상들을, 에바 부인을, 데미안을 생각했다. 한 그루 포플러에 기대어 움직이는 하늘을 응시하고 있었다. 살며시 꿈틀거리는 하늘의 밝음은 곧 솟구치는 커다란 형상들의 연속으로 변했다. 나는 맥박이 이상하게 가늘어지는 데서, 바람과 비에 대하여 내 살갗이 둔감해진 데서, 번뜩이는 내면의 각성에서 주위에 한 지도자가 있다는 것을 느꼈다.

　구름 속에서 커다란 도시 하나를 보았다. 거기서 수백만의 사람이 쏟아져 나왔고, 그들은 떼를 지어 넓은 풍경 위로 퍼져 갔다. 그들 한가운데서 힘찬 신의 모습 하나가 나왔다. 머리에는 빛을 뿜는 별을 달고, 산처럼 크고, 에바 부인의 표정을 가지고. 그 모습 속으로 인간의 대열들이 거대한 동굴 속으로 빨려들듯 사라졌다. 그러고는 사라졌다. 여신은 바닥에 내려앉았다. 그녀 이마에서 표지가 환하게 빛을 내고 있었다. 꿈 하나가 그녀를 지배하는 힘을 가진 듯 보였다. 그녀가 두 눈을 감았다. 그녀의 얼굴이 고통으로 일그러졌다. 갑자기 그녀가 맑고 높은 소리로 외쳤다. 그녀의 이마에서 별들이 튀어나왔다. 수천 개의 빛나는 별들이. 그 별들은 찬란한 포물선을 그리며 검은 하늘 너머로 휘익 떨어졌다.

별들 중 하나가 환한 음을 내며 똑바로 나를 향해 날아왔다. 나를 찾고 있는 것 같았다. 그러더니 별은 요란한 소리를 내며 수천 개의 불꽃으로 쪼개져서 나를 확 끌어올렸다가 다시 땅바닥으로 내동댕이쳤다. 천둥 같은 소리를 내며 내 머리 위에서 세계가 무너져버렸다.

나는 포플러 가까이에서 흙과 상처로 뒤덮인 채 발견되었다.

나는 어느 지하실에 누워 있었다. 머리 위에 포화가 퍼부어지고 있었다. 나는 어느 수레에 누워 덜컹덜컹 빈 벌판을 지나갔다. 대체로 잠을 자거나 의식이 없었다. 깊이 잠을 자면 잘수록 무엇인가가 나를 끌어당기고 있고, 나를 지배하는 어떤 힘을 내가 따라가고 있음을 더욱 강렬하게 느꼈다.

어느 외양간 짚더미 위에 누워 있었다. 어두웠다. 누군가가 내 손을 밟고 갔다. 그러나 나의 내면적인 것은 더 나아가려 했다. 더 강하게 그것은 나를 끌고 갔다. 다시 나는 수레 위에 누웠다. 나중에는 들것 혹은 사다리 위에 누웠다. 점점 더 그 어딘가로 가라고 명령받는 것 같았다. 마침내 거기로 가려는 충동밖에는 아무것도 느끼지 못했다.

그때 나는 목적지에 와 있었다. 밤이었다. 의식은 분명했다. 이제 막 내 안의 끌림과 충동이 힘차게 느껴지던 참이었다. 이제 나는 넓은 홀에, 바닥에 깔린 자리 위에 누워 있었다. 내가 부름을 받은 곳에 와 있다는 느낌이었다. 주위를 바라보았다. 내 매트리스 바로 곁에 다른 매트리스가 바싹 붙어 놓여 있었고 누군가가 그 위에 있었다. 그 사람이 앞으로 몸을 숙이고 나를 바라보았다. 이마 위에 표시가 있었다. 그것은 막스 데미안이었다.

나는 말을 할 수 없었다. 그도 말할 수 없었거나 말하려고 하지 않았다. 다만 나를 바라보았다. 그의 얼굴에는 벽에 달려 있는 신호등 불빛이 드리워져 있었다. 그가 나를 향해 미소 지었다.

무한히 긴 시간 동안 내내 그는 내 눈을 들여다보았다. 천천히 그가 얼굴을 내게 더 가깝게 밀었다. 우리가 거의 닿을 때까지.

"싱클레어!" 그가 나직이 말했다.

나는 그에게 눈으로 그의 말을 알아듣고 있다는 표시를 했다.

그가 다시 동정하는 표정으로 미소 지었다.

"어린 소년이 됐네!" 그가 미소를 띠며 말했다.

그의 입이 이제 내 입 아주 가까이에 있었다. 나직이 그가 말했다.

"프란츠 크로머, 아직도 기억해?"

나는 그에게 눈을 깜박여 보였다. 미소 지을 수도 있었다.

"꼬마 싱클레어, 잘 들어! 나는 떠나게 될 거야. 넌 나를 어쩌면 또 한 번 필요로 할 거야. 크로머에 맞서든 그 밖의 다른 일이든 뭐든. 그럴 때 네가 나를 부르면 난 무작정 말을 타거나 기차를 타고 달려오지 못해. 그럴 때 넌 네 자신 안으로 귀 기울여야 해. 그러면 알아차릴 거야. 내가 네 안에 있다는 것을. 알아듣겠니? 그리고 또 뭔가가 있어! 에바 부인이 말했어. 네가 언젠가 잘 지내지 못하면 나더러 네게 당신의 키스를 해 달라고. 나에게 함께 해준 키스를…… 눈을 감아, 싱클레어!"

나는 눈을 감았다. 내 입술 위에 가벼운 입맞춤이 느껴졌다. 입술에서 계속해서 조금씩, 그러나 줄어들지 않고 피가 흘러내리고 있었다. 그리고 나는 잠이 들었다.

아침에 사람들이 깨웠다. 붕대를 감아야 했던 것이다. 완전히 잠이 깼을 때 나는 얼른 옆 매트리스로 몸을 돌렸다. 한 번도 본 적 없는 낯선 사람이 거기 누워 있었다.

붕대를 감을 때는 아팠다. 그때부터 내게 일어난 모든 일이 아팠다. 그러나 이따금 열쇠를 찾아내어 완전히 내 자신 속으로 내려가면, 거기 어두운 거울 속에서 운명의 영상들이 잠들어 있는 곳으로 내려가면, 나는 그 검은 거울 위로 몸을 숙이기만 하면 되었다. 그러면 나 자신의 모습이 보였다. 이제 그와 완전히 닮아 있었다. 바로 내 친구이자 나의 인도자인 그와 완전히 닮은 나 자신의 모습을.

옮긴이의 글

헤르만 헤세(1877~1962)는 1차 세계대전 직후인 1919년, 작품의 주인공이기도 한 에밀 싱클레어라는 이름으로《데미안》을 출간했다. 전쟁으로 인해 전 유럽에 걸쳐 수많은 인명이 희생되던 와중에 "한 사람 한 사람은 그 자신일 뿐 아니라 진정 특별하며 언제나 소중하고 진기한 단 하나의 지점"이라는 헤세의 전언(傳言)은 더욱 절실하게 여겨졌다.

서문과 전체 여덟 개 장으로 이루어진 이 작품은 주인공 에밀 싱클레어의 유년 시절부터 성년에 이르는 과정을 그려내고 있다. 그는 부모님의 집으로 대변되는 시민 사회의 규범 속에서 따스함과 안정감을 느끼지만 투쟁과 탈출의 욕구를 동시에 느낀다. 싱클레어에게 있어 정신적 지주 역할을 하는 데미안은 첫 시련의 대상인 크로머를 극복하게 도와주기도 하고, 카인과 아벨을 재해석하는 부분에서처럼 성서의 가치관, 기존의 시민적 질서를 넘어서는 계기를 마련해 준다.

"새는 알에서 나오려고 투쟁한다. 알은 세계이다. 태어나려는 자는 하나의 세계를 깨뜨려야 한다. 새는 신에게로 날아간다. 신의 이름은 아브라사스"라는 글귀를 접한 싱클레어는 오르간 연주자 피스토리우스라를

찾아가게 되고 그를 통해 자신이 추구하는 이상의 세계를 구체화시키게
된다.

싱클레어가 동경한 아브락사스의 세계, 즉 선과 악, 남성과 여성, 신
비함과 마적 아름다움이 뒤엉킨 새로운 세계는 그의 꿈과 문장(紋章)에
새겨진 새의 영상, 베아트리체 등을 통해 작품 전체에 걸쳐 반복해서 그
려진다. 또한 데미안의 어머니인 에바 부인은 그가 도달하려고 한 아브
락사스의 세계에 대한 현실적 상징과도 같다. 결국 싱클레어는 이상의
여인이었던 에바 부인에게 이를 수 없었지만 전쟁의 소용돌이 속에 총
상을 입으며 다시 한 번 마주친 데미안의 입맞춤을 통해 "나의 친구이자
나의 인도자인 그"와 닮아 있는 자신의 모습을 발견한다.

헤르만 헤세는 1946년에 노벨 문학상을 수상한 20세기의 대문호이
다. 그의 작품을 읽어보지 않은 사람이라고 할지라도 이름은 들어봤을
정도로 그가 문학계에 남긴 발자취와 영향력은 이루 말할 수 없을 정도
이다. 그는 소설가로 많이 알려져 있지만 수많은 시와 에세이를 남겼던
작가이며 다양한 화풍의 그림을 남긴 화가이기도 했다.

그가 1925년에 쓴 《요약한 이력서Kurzgefasster Lebenslauf》를 보
면 "내가 열세 살이 되던 해부터 한 가지 사실이 분명해졌다. 그것은 내
가 시인이 되든가 그렇지 않으면 아무것도 되고 싶지 않다는 사실이었
다."라고 밝히고 있을 정도로 그는 어려서부터 문학을 사랑했고 예술가
의 삶을 걷겠다는 마음을 가지고 있었음을 알 수 있다.

그의 글이 주는 독특한 분위기와 내밀한 주제들을 파악하려면 그가

어떤 삶을 살았는지 아는 것이 중요할 듯하다. 헤세는 독실한 신교 가정의 목사 아들로 태어나 서양의 기독교적인 경건주의 전통 속에서 자라났으나 인도 등지에서 선교사 활동을 했던 할아버지의 영향을 받기도 하였으며 훗날 인도와 중국 등지를 여행하면서 접한 동양의 독특한 정취에 흠뻑 빠져 동양 정신과 서양 정신을 접목하고 현실과 꿈을 융합한 주제들을 작품 속에서 녹여내기도 하였다. 그는 길지도 짧지도 않은 생애를 통해서 진정한 자아를 발견하려고 부단히 애쓰던 인간이기도 했다.

제1차 세계대전이 발발한 1914년, 헤르만 헤세는 포로가 된 독일병을 위문할 방법을 모색하던 중, 자신의 재능을 이용해 물고와 신문을 편집했다. 또한 중립에 관한 자신의 소신을 밝히며 반전(反戰)운동을 벌이다가 본국인 독일로부터 배신자로 낙인찍히는 바람에 탄압을 받기도 했다. 게다가 육체적, 정신적 피로에 휩싸인 그에게 들려오는 소식은 그를 더욱 우울하게 만들었다. 부친은 사망했으며 아내는 정신병이 악화되었고, 막내아들은 병에 걸렸으며 집안 내에 여러 어려운 일들이 겹치기 시작한 것이다.

헤세는 그런 상황에 놓인 자신의 마음을 돌보기 시작했다. 스위스의 유명한 분석심리학자 칼 구스타브 융Carl Gustav Jung의 제자인 요제프 랑Josef Bernhard Lang 박사에게 도움을 요청했고 그는 60회가 넘는 심리학적 대화를 통해 조금씩 안정을 찾아갔다. 그렇게 접한 정신분석 및 심층심리학에 관심을 갖고 내면의 소리에 더욱 집중하게 된 헤세는 삶과 작품을 통해 진정한 자신에 이르는 길과 그 속에서 찾은 자아의 소중함을 일깨웠다.

일련의 이러한 경험들은 그가 '내면으로 이르는 길'의 중요성에 대해 더욱 자각할 수 있도록 도왔으며 그가 《데미안》이라는 작품을 쓸 때 더욱 구체화 되었다. 선과 악의 투쟁, 서양과 동양의 조화, 시련과 고뇌의 시간까지, 그는 《데미안》의 주인공이 소년에서 청년으로 성장하는 모습을 담담하면서도 깊이 있게 그려내고 있다.

헤르만 헤세와 그의 작품은 여전히 독일 내에서보다 특히 해외에서 높이 평가되고 있는데, 《데미안》은 누구에게나 일어날 법한 성장의 경험을 통해 자아를 발견하는 과정을 담고 있어 특히 한국의 청소년들에게 오랜 시간 동안 사랑받아 왔다.

누구나 자신의 길을 찾으려 하지만 어디서부터 시작해야 할지 막막해 하는 경우가 많다. 하지만, 포기하지만 않는다면 우리는 누구나 자신이 원하는 길을 걷게될 것이다. 역자뿐 아니라 수많은 청소년들이 성인이 되기 위해 거쳐야 했던 지난한 길 위에서 접했던 《데미안》이 이번 기회를 통해 다시금 읽혀지길 바란다.

1877년 7월 2일 독일 남부 뷔르템베르크 주州의 소도시 칼프에서 인도의 선교사로 활동했고 훗날 칼프 출판협회장이 된 아버지 요하네스 헤세(1847~1916)와 어머니 마리 헤세(1842~1902) 사이에서 장남으로 출생함. 칼프는 나골트Nagold 강가에 놓여 있고 주위는 유명한 휴양지 슈바르츠발트에 둘러싸여 있음. 요하네스 헤세는 독일 북부 발트 지방 태생의 독일인이고, 마리 헤세의 본명은 마리 군데르트이며 헤세의 외할아버지 헤르만 군데르트는 인도학자로 유명한 선교사였음.

1881~1886년 부친이 스위스 바젤에 선교사로 가게 되자 부모와 함께 바젤에 거주함. 아버지는 러시아 국적을 갖고 있었으나 바젤 선교단에서 교사 활동을 하며 1883년에 스위스 국적을 취득함.

1886~1889년 7월 가족이 다시 고향 칼프로 돌아오고 헤세는 실업학교에 입학함.
1890년 국가시험을 준비하기 위해 괴핑겐의 라틴어 학교에 입학함.

국가시험 자격을 얻기 위해 주정부 장학생으로서 스위스 국적을 포기해야 했으므로, 1890년 11월 아버지 요하네스는 독일 뷔르템베르크 주의 시민권을 취득함.

1891년 9월   국가고시에 합격하여 마울브론 신학교에 입학함.

1891~1892년 9월   마울브론 신학교에 입학하지만, 1892년 3월에 신학교에서 나와 작가가 되기로 마음먹음. 자살 미수에 그친 뒤 바트 볼Bad Boll, 슈테텐Stetten, 바젤에서 정신과 치료를 받음.

1892~1893년   칸슈타트의 김나지움에 입학하여 다니다가 중등학교 자격시험을 치른 후 학업을 중단함.

1893년 10월   에스링겐Esslingen에서 서점 견습생으로 일하다가 그만두고 고향으로 돌아옴.

1894년   고향 칼프에 있는 페로Perrot 탑시계 공장에 실습생으로 취직하여 견습공으로 근무함.

1895년 10월   튀빙겐의 헤켄하우어Heckenhauer 서점에서 판매원 및 서적 분류 조수로 일하면서 틈틈이 습작함.

1898년 10월   처녀 시집《낭만적인 노래Romantische Lieder》를 발표함.

1899년 9월 스위스 바젤로 이주한 후 라이히Reich 서점에 취직하여 서적 분류와 고서적을 담당함. 산문집《자정 뒤의 한 시간*Eine Stunde hinter Mitternacht*》을 출간함.

1900년 《스위스 일반신문*Allgemeine Schweizer Zeitung*》에 여러 가지 기사와 서평을 쓰기 시작함.

1901년 3월부터 5월까지 첫 번째 이탈리아 여행(피렌체, 제노바, 피사, 베네치아 등). 8월부터 바젤의 바텐빌 고서점Antiquariat Wattenwyl에서 서적 판매원으로 근무. 가을에《헤르만 라우셔의 유작遺作과 시*Hinterlassene Schriften und Gedichte von Hermann Lauscher*》를 발표함.

1902년 어머니에게 헌정하는《시집*Gedichte*》을 발표. 그러나 출간 직전에 어머니가 사망함.

1903년 서점을 그만두고 다시 이탈리아 여행을 떠남.

1904년 《페터 카멘친트*Peter Camenzind*》를 발표하여 일약 명성을 얻게 됨. 바젤 출신의 피아니스트인 연상의 마리아 베르누이(1868~1963)와 결혼하여 보덴 호수 근교의 작은 마을 가이엔호펜으로 이주함. 자유 작가로 생활하며 여러 신문과 잡지에 기고도 하면서 작품을 씀.

1905년 12월 첫아들 브루노Bruno 출생함.

1906년 　장편소설《수레바퀴 아래서*Unterm Rad*》를 발표. 격주간지《3월*März*》을 창간하여 1912년까지 공동 발행인으로 활동함.

1907년 　단편집《이 세상 *Diesseits*》을 발표. 가이엔호펜에 자신의 집을 짓고 이사함.

1908년 　단편집《이웃 사람들*Nachbarn*》을 발표함.

1910년 　장편소설《게르트루트*Gertrud*》를 발표함.

1911년 　가정생활이 원만하지 못하자 9월부터 12월까지 화가인 친구 한스 슈트르체네거Hans Sturzenegger와 함께 인도 및 동남아시아 여행을 떠남.

1912년 　단편집《우회로*Umwege*》를 발표함. 아내 마리아 베르누이와 아이들을 데리고 가이엔호펜을 떠나 스위스의 베른 근교에 있는 화가인 친구 알베르트 벨티Albert Welti의 별장에서 거주함.

1913년 　동방여행기《인도에서*Aus Indien*》를 출간함.

1914년 　장편소설《로스할데*Roßhalde*》를 출간. 제1차 세계대전이 시작되자 자원입대하려 했으나 군복무 부적격 판정을 받고, 대신에 1915년부터 베른 주재 독일공사관에 설치된 독일전쟁포로후원회에서 일하게 됨. 더불어 그는 《독일 포로신문》을 발행함. 이후 전쟁이 끝날 때까지 독일, 스위스, 오스트리아 신문과 잡지에 수많은 반전反戰 기사와 호소문 등을 발표함.

1915년　단편집 《길가에서*Am Weg*》와 서정적인 단편집 《크눌프*Knulp*. 크눌프 생애의 세 가지 이야기》를 발표함.

1916년　《청춘은 아름다워라*Schön ist die Jugend*》를 출간함. 아버지의 사망, 부인의 정신분열증 시작과 막내아들 마르틴의 발병으로 인해 정신적으로 견디기 힘들어지자 칼 구스타브 융의 제자 요제프 랑 박사에게 정신의학적인 치료를 받음. 이 영향으로 심리학에 관심을 갖고 후일에 《데미안*Demian*》을 쓰게 됨.

1917년　시대 비판적 출판을 금한다는 경고를 받자 에밀 싱클레어Emil Sinclair라는 가명으로 신문과 잡지를 출간함.

1919년　정치적 팸플릿 〈차라투스트라의 귀환*Zarathustras Wiederkehr*〉을 익명으로 발표함.
장편 《데미안. 에밀 싱클레어의 젊은 날 이야기》를 에밀 싱클레어라는 익명으로 발표. 이 작품으로 폰타네 문학상을 수상하지만, 그 상이 초보자를 위한 것이므로 자신이 이름은 밝힌 후 상은 되돌려줌. 단편소설집

《작은 정원*Kleiner Garten*》과《동화집*Märchen*》을 출간함. 아내와 아이들을 두고 베른에서 테셍Tessin 주州의 몬타뇰라Montagnola로 혼자 이주하여 카사 카무치Casa Camuzzi 별장에서 살기 시작함.

1919~1922년　월간지《생명의 절규*Vivos voco*》를 창간하여 발행함.

1920년　단편집《클링조르의 마지막 여름*Klingsors letzter Sommer*》을 출간. 수채화를 곁들인 여행소설《방랑*Wanderung*》을 발표함.

1921년　《시 선집*Ausgew hlte Gedichte*》을 출간.《테셍에서 그린 수채화 11편*Elf Aquarelle aus dem Tessin*》을 발표함.

1922년　'인도의 시詩'라는 부제가 붙은 소설《싯다르타*Siddhartha*》를 발표함.

1923년　독일 국적을 포기하고 스위스 국적을 다시 취득함.《싱클레어의 비망록*Sinclairs Notizbuch*》을 출간. 첫 번째 부인 마리아 베르누이와 이혼함. 취리히 근방의 바덴Baden에서 요양을 시작하여 그 후 매년 늦가을이면 이곳에 와 요양하며 체류함.

1924년　스위스의 바젤에서 여류 작가의 딸이자 가수였던 루트 벵어 Ruth Wenger(1897~?)와 재혼함.

1925년　소설《요양객*Kurgast*》과 동화《픽토르의 변신*Piktors Verwandlun-*

212

gen》을 발표함.

1926년   프로이센 예술원의 예술 분야 회원으로 선출됨.

1927년   장편소설《황야의 늑대*Der Steppenwolf*》를 출간함. 헤세의 50번
째 생일을 기념하여 후고 발Hugo Ball이 집필한 전기《헤르만 헤세. 그
의 생애와 작품*Hermann Hesse. Sein Leben und sein Werk*》이 출간됨. 두 번
째 부인 루트 벵어와 이혼함.

1930년   소설《나르치스와 골드문트*Narziß und Goldmund*》를 출간함.
이 소설은 헤르만 헤세에게 다시 한 번 큰 명성을 가져다줌.

1931년   만년의 대작인 장편소설《유리알 유희*Das Glasperlenspiel*》의 집
필을 시작함. 체로노비츠 출신의 니논 돌빈Ninon Dolbin(1895~1966)
과 결혼함. 그녀와 함께 친구인 화가 한스 C. 보드머Hans Bjodmer가
지어 평생토록 살게 해준 몬타뇰라의 새 집으로 이사함.

1932년   《동방순례*Die Morgenlandfahrt*》를 출간함.

1933년   단편집《작은 세계*Kleine Welt*》를 발표함. 당시 독일에서 나치
정당이 득세하자 나치주의와 유태인 박해에 반대함.

1934년   시선집《생명의 나무에서*Vom Baum des Lebens*》를 출간함.

1936년 전원시집《정원에서 보낸 시간들*Stunden im Garten*》을 발표함. 아내 니논과 함께 로마로 여행을 떠남.

1937년 《회고록*Gedenkblätter*》과《신 시집*Neue Gedichte*》을 발표함.

1939~1945년 나치스의 탄압으로 헤세의 작품들이 몰수되고 출판이 금지되었으므로, 그의 작품들은 스위스 취리히에서 출판됨.

1943년 만년의 대작인《유리알 유희》가 취리히에서 출간됨.

1944년 독일 비밀경찰이 헤세 작품의 독일 출판업자 페터 주어캄프 Peter Suhrkamp를 체포.

1945년 단편들과 동화 모음집인《꿈 여행*Traumfährte*》이 취리히에서 출간됨.

1946년 제2차 세계대전이 끝나자 이때부터 다시 독일에서 책이 출판됨. 독일 프랑크푸르트Frankfurt 시市가 주는 괴테 문학상을 수상하고, 11월 14일에는 노벨 문학상을 수상함.

1947년 일흔 번째 생일에 스위스 베른대학교의 철학부에서 명예 박사

학위를 받음.

1951년 《후기 산문집Späte Prosa》과 《서간집Briefe》을 발표함.

1952년 일흔다섯 번째 생일을 기념하여 여섯 권으로 된 《헤세 전집 Gesammelte Dichtungen》을 출간. 독일 서적상연합회의 평화상을 수상함.

1956년 독일 바덴뷔르템베르크 주의 독일예술촉진위원회에서 헤르만 헤세 문학상을 위한 재단을 설립함.

1957년 여든 번째 생일의 기념사업으로, 이미 간행된 《헤세 전집》 여섯 권을 일곱 권으로 증보하여 《헤세 전집Gesammelte Schriften》이 발간됨.

1961년 시선집 《단계Stufen》를 출간함.

1962년 몬타뇰라의 명예시민이 됨. 8월 9일 뇌출혈로 몬타뇰라에서 아침 7~9시경에 세상을 떠나 이틀 후에 성 아본디오St. Abbondio교회 묘지에 안장됨. 아내 니논은 12월 8일에 베른의 스위스국립도서관을 방문하여 헤르만 헤세의 유고집을 그곳에 보관하기 위한 전제 조건들을 상의함.